XINGTANYIN CAOJI

杏坛吟草集

张端明◎著

华中科技大学出版社
http://press.hust.edu.cn
中国·武汉

张瑞明

1941年生，湖北武汉人。华中科技大学物理学院教授，博士生导师，享受国务院特殊津贴。现为中国物理学会高能物理分会会员、美国物理学会会员、美国化学学会会员、美国科学促进会会员、美国纽约科学院成员。现任华中科技大学老教授协会副会长，曾任华中科技大学特聘教授、凝聚态物理和材料物理中心主任、理论物理基础前沿研讨会副主任、湖北省科普作家协会副理事长、湖北省物理学会理事。

长期从事理论物理和凝聚态物理的理论研究，多年来主持并完成国家自然科学基金、国防预研基金、国家电力系统重大项目、湖北省自然科学基金、湖北省教育厅重大项目等国家级、省部级重要科研项目20余项，获国家专利一项。在国际和国内的权威学术期刊上发表论文近300篇。撰写并出版科学专著近30部，其中包括科普著作10部，以及在国外权威出版社出版的4部科学专著。他率领课题组构建的脉冲激光沉积动力学被载入国际材料科学巨著《Comprehensive Materials Processing》第13卷。

许多科研成果达到国际和国内先进水平，包括提出并成功构建新兴学科——脉冲激光沉积动力学，获得国际学术界认可。多次获得科技和教育方面的国家级、省部级奖励，包括全国科普奖一等奖1项，湖北省自然科学奖二等奖1项，湖北省科学技术进步奖2项，湖北省教学成果奖二等奖1项，湖北省科普一等奖4项，等等。曾获全国优秀科普作家称号，专著曾荣获湖北出版政府奖，入选国家新闻出版主管部门"三个一百"原创图书出版工程。

华中科技大学瑜珈诗社庆祝新中国成立七十周年诗词吟诵会（左二为杨叔子院士）

瑜珈诗社换届暨诗词吟诵会

与汪定雄等老友在杨叔子院士家中

与冯天瑜先生相聚华中科技大学出版社

"从断臂维纳斯谈起——对称性及其破缺"科普讲座

"寻求强磁场科学研究突破口"主题报告

参加国家脉冲强磁场科学中心第二届科技委员会第二次会议

科普作家共话科普创作

"迎校庆·讲校史"专题报告会

华中科技大学物理学院教研团队交流

长女张敏及外孙迈克和丹尼尔

与二女张琳全家合影

《科苑沉思录》创作分享

《科苑沉思录》签赠会

▲ 教书育人 60 载庆祝会师生合影

▲ 师生共话教学与读书感悟

老友相聚（左三为冯天瑜先生）

与老友相聚

师友团聚

与老友欢聚龙泉山

▲ 与潘垣院士夫妇在家中小聚

▲ 探访问津书院

与夫人户外赏花

与夫人同游祖国大好河山

内容简介

诗者,志之所之也,在心为志,发言为诗。本书继承和发扬优秀的中华古典文化传统,借助作者自身学养积淀打磨的原创诗词涤荡灵魂、滋养精神,在生活的各个角落、在生命的不同时刻,焕发诗词温暖人心、鼓舞人心的精神力量。全书分为家国情怀、凤鸣河山、翰林唱和、感事抒怀、节令吟啸五个篇章,共收录近三百八十首诗词。

物理学家张端明的人文书房：
在书房里寻找精神成长的人文密码

华中科技大学（简称华科大）博士生导师张端明教授是武汉生、武汉长的物理学家，在国际上享有广泛的学术声誉。他是美国科学促进会会员、美国物理学会会员、美国化学学会会员、美国纽约科学院成员和欧洲泰晤士报评估系统咨询专家。张端明参与申办并创建了华中工学院（简称华工，今华中科技大学）物理系、物理学院暨物理学硕士点、博士点和博士后流动站，曾主管华工的少年班工作，任凝聚态物理和材料物理中心主任，培养硕博士50余人。

张端明被华科大之外的广大青少年读者熟知，则是因为他出版了一系列深入浅出通俗易懂的科普作品，包括《大宇宙与小宇宙》《极微世界探极微》《科技王国的宙斯——物理学与高新科技》《小宇宙探微》《大宇宙奇旅》《神秘失踪的中微子》《宇宙创世纪》《北斗导航——高精度全球卫星定位系统》等。他的科普作品，介绍的都是最前沿的科技知识，有强大的学理做支撑，三十多年来一直是科普界的经典。2007年，他获得中国科普作协"优秀科普作家"称号，2016—2019年连续获得教育部"关心下一代工作先进工作者"称号和表彰。2019年以参加者的身份获得湖北省科学技术进步奖特等奖和2020年国家科学技术进步奖一等奖，2010—2020年担任光电国家实验室教学顾问。

2021年12月10日下午，《楚天都市报》极目新闻记者随张端明教授走进他的书房。窗外是郁郁葱葱的喻家山，窗内两面书墙，《资治通鉴》《中国通史》《世界通史》《唐诗宋词鉴赏辞典》《苏东坡传》《人间词话》与物理学书籍和谐"共振"，相映生辉。

一中图书馆做义工

据张端明教授介绍,他1941年出生于武汉,1957年考入武汉市第一中学(简称一中)时非常幸运地遇到了素质非常高的校长、老师和同学。"一中是男中,但校长是女校长卢世璋。学校深得素质教育的真谛,注重学生的全面发展。我们四班,成绩好,更奇特的是艺术人才济济一堂。当年我参与主创的诗剧《一中畅想曲》,主演赵瑞泰后来成为著名的剧作家,音乐主创熊敏学后来考上了上海音乐学院,曾出任湖北省歌剧团团长。宣传委员余焱祖,后来考上了北大中文系,曾出任湖北电影制片厂总编辑……"

以张端明个人对诗词写作和文史哲的兴趣,他本来应该是个文科生。但他数理化成绩更好,1960年高考时,班主任建议他填报中国科学技术大学高能物理专业,但因为家庭出身的原因,他被录取到了当年的湖北大学物理系,后来到了华中师范大学物理系。

其实无论是在湖北大学还是华中师范大学,张端明的大部分时间都泡在图书馆,两年就把所有专业课自学完了。

张端明泡图书馆这个习惯还是在一中养成的。一中的校长和老师对张端明泡图书馆很是鼓励。他还在一中图书馆做义工,不仅近水楼台读到很多数理化书籍,还读到了《三个火枪手》《张居正大传》等文史类图书。

但大学的老师对张端明翘课泡图书馆的行为颇有微词。大三上学期,张端明希望能提前毕业,老师们建议系主任好好考考他。

别人考试是两个小时,张端明是考两天。

张端明以优异的成绩提前通过了专业课的全部考试。因为不能提前毕业,他又用两年时间自学完了相当于现在理论物理专业的博士专业课程,走向了基本粒子物理研究的前沿。

喻家山下安书房

1964年7月,张端明大学毕业,被分配到华中农学院(今华中农业大学)附属中学(简称华农附中)当老师。

张端明说:"我在华农附中整整待了14年。在华农附中结婚生子,一家三代六口人住在筒子楼,两间房,做饭在走廊,自然对书房不敢奢求。但华农山清水秀,副食品供应比较丰厚,曾患肝病的我身体恢复得很快,我对这一段日子充满感恩之心!"

1977年,一个偶然的机会,36岁的张端明遇到了中国科学院学部委员(院士)、武汉大学副校长李国平教授。经李国平等人推荐,时任华中工学院院长的朱九思,决定把张端明调到华工,同时解决他爱人的工作问题,这样张端明一家六口就在喻家山下安居乐业了。"你现在看到的书房,只是我的两个书房中的一个。还有一个书房在另外一套房子里。"

"您是什么时候开始写科普文章的呢?"

"到华工之后吧。刚到华工,三个儿女还小,家里经济条件还比较紧张。一开始写科普文章纯粹是为了挣稿费,补贴家用。"张端明坦然一笑,又说,"但既然写了,就要对文字负责,对科学负责。"

"您的科普作品中,天体物理占比非常大。"

"天体物理是物理学家的天堂啊!"张端明解释,"科普的对象是刚刚接触物理的青少年读者。我当年在图书馆自学物理的时候很希望遇到好老师。我希望孩子们在学习物理时,能够遇到我。"

1978年,张端明刚刚调到华工时,华工的物理教研室还没有招收本科生的资格。直到1985年,华工的物理本科专业才获得教育部批准,同一年,国务院学位办公室批准了华工三个物理专业学科方向的硕士学位点,这为以后华工物理系(学院)的发展奠定了基础。

回忆那段岁月,张端明非常感慨:"现在华中科技大学培养了不少科学家和高级工程技术人才,如果我们这些理工科教授没有一点人文底蕴,没有一点人文情怀,没有甘为人梯的奉献精神,怎么培养得出来!"

自弹天籁琴真

1993年,杨叔子院士出任华中理工大学(原华工,今华中科技大学)校长,在这所以理工科为主的大学掀起了一场人文风暴:所有学生,包括理工科学生,每年考一次中国语文,不及格者不发学位证书。所有本科生,每年必须拿两个人文学分,否则不能毕业。杨叔子甚至要求自己的博士生必须会背《老子》和《论语》前七篇,背不出就不接受论文答辩。

1998年大年初一,杨叔子专程到张端明家拜年,邀请他给自己的博士生们讲《老子》,主题是"老子与现代科学和哲学"。

后来杨叔子院士还邀请张端明教授加入了喻家诗社(后更名为瑜珈诗社),与校园内其他爱好诗词的师生开展一番诗词唱和。

接受《楚天都市报》记者专访时,张端明教授即兴赋词一首:
何满子·《楚天都市报》专访有感
不敢漫随逝水,未曾轻委红尘。凭风等闲何借力,叶舟翰海梁津。乐道安贫生性,自弹天籁琴真。

红烛成灰欲绝,晚蚕丝尽残春。纵有清欢行不得,杖藜偷学灵均。轮毂偶然当步,眷吟慷慨芳晨。

(来源:极目新闻网,2021年12月21日)

自　　序

　　作为一名自然科学工作者和人民教师,我在教育战线和自然科学领域辛苦耕耘了近 60 年。但我自幼雅好文史,在高中阶段(武汉市第一中学)就写过不少散文和新体诗。时值"大跃进"和人民公社的高潮,学校施行军事化管理。全校是民兵营建制,下设宣教科,科长为语文老师彭义智(改革开放后任武汉市教育局局长)。宣教科下属有 6 位科员,都是学生,我是其中一员。每位科员都是各班的语文尖子、文艺尖子和绘画尖子。我仍记得姓名的有徐公度(后任武汉美术家协会副主席、江汉大学艺术系主任)和胡楚生(后任外经贸部欧洲司司长、办公厅主任和中国对外贸易中心主任)等。宣教科将学校学生所写的优秀诗文编辑成了三期《丰收集》,我的诗歌和散文也入选了好几篇。

　　我当时所在的 604 班人才济济,涌现出不少作家、艺术家。其中应特别指出的有国家一级编剧、著名剧作家、武汉戏剧家协会主席赵瑞泰,其创作的电视剧和戏剧剧本硕果累累,多次获得全国性文艺大奖,如"五个一工程"奖、中国电视金鹰奖等;原湖北电影制片厂总编辑余焱祖,是北京大学王力先生之高足;著名作曲家熊敏学,系上海音乐学院原院长贺绿汀之高材生,多次在欧美专场演出,其音乐作品和交响乐在国内和国际音乐节享有盛名。记得在那时候,我和赵瑞泰创作的诗剧《一中畅想曲》,在武汉演出大为成功。

　　但是,其时我不通音律,没有创作古典诗词,试写了一首没有写完的《沁园春》。本书累计收录我创作的古典诗词近 380

首。应该说,这与华中科技大学原校长杨叔子院士在新世纪交替之际,大力提倡诗教进校园的功劳密不可分。1998年,武汉突发洪水,水势高涨,学校的瑜珈诗社(原名喻家诗社)盛情邀请我在诗社创作一篇古典诗词,我勉强写了一首格律诗。承蒙杨校长和李白超常务副社长的青睐,居然还颁发给我一项诗歌奖。从此,我断断续续,极为费劲地创作,一年仅勉强创作一两首诗词,直到新冠疫情发生前,共计不过 20 余首(后来经检查,错误不少)。在古典诗词创作中,我要感谢刘克明老师,他教会了我利用中华诗词协会编制的古典诗词软件校正格律。从此,解决了我音律不通的问题。

  2020年,新冠疫情在武汉暴发,我年老多病、举步维艰,绝大部分时间都蜗居在家中,这就给我古典诗词创作提供了充裕的时间。诗歌创作的量和质大为提高,我也逐渐小有声誉。我的作品在《楚天都市报》《中国科学报》《中华读书报》《湖北诗词》《中华诗词》《华中科技大学学报》等报刊,以及重要网络平台和电子刊物,如悦读网、都市头条网、经典文坛网、北方诗韵、长江诗苑等发表且广泛传播。而我居然也被湖北省甚至全国许多有名的诗社吸收为会员,例如中华诗词协会、鹰台诗社、珞珈诗社、长江诗苑、茶港诗社等。其中,我要特别感谢我的亡友向进青(原湖北科学技术出版社副社长、秘书长、鹰台诗社创始人,我们曾在湖北省科学技术协会共事多年,共同主编过长江文库和基础科学与高新技术科普丛书)。他热情地介绍我加入中华诗词协会,并且给我垫付了好几年的会员费。诗歌合为时而作,文章合为诗而作,风云激荡,家国情怀,人生感悟,无不激发着我创作的激情,一发而不可止。我创作的诗歌多次得到了教育部、省教育厅和华中科技大学老教授协会的表彰和奖励,累计 5 次获得教育部授予的、2 次获得湖北省教育厅授予的"关心下一代工作先进工作者"称号。现在呈现在读者面前的这本《杏坛吟草集》的顺利梓行,应该感谢华中科技大学出版社的垂爱,尤其是华中科技大学出版社社长阮海

· ii ·

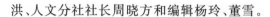

洪、人文分社社长周晓方和编辑杨玲、董雪。

必须强调说明是,这是一本自然科学工作者、教师所写的古典诗词集,反映了我个人在这百年未有之大变局下的喜怒哀乐。我一辈子主要从事的是物理科学和材料科学的研究,在科学园地辛勤耕耘了近半个世纪,截至 2024 年 6 月,我在国际和国内权威学术刊物发表论文近 300 篇(参见附录),发表的 SCI 和 EI 论文就有 174 篇,出版各种科学专著近 30 部(包括参与编撰国外出版社出版的 4 本科学专著),且受邀参与欧洲和美国的三个出版社的专著的写作。尤其令我感到自豪的是,我带领的课题组,在多年科学试验和理论研究的基础上,创建了一个科学分支——脉冲激光沉积动力学,并且得到了国际科学界的广泛承认(有关详情参见附录《桃李不言,下自成蹊》)。在多年科学和教学工作中,我多次获得国家级、省部级奖励,包括全国科普奖一等奖 1 项,湖北省自然科学奖二等奖 1 项,湖北省科学技术进步奖 2 项,湖北省教学成果奖二等奖 1 项,湖北省科普一等奖 4 项,等等。2019 年荣获湖北省科学技术协会授予的"优秀科学传播人物"奖。实际上,我从事的科研工作涉及领域较广,主要有量子理论基础研究、凝聚态基础研究(包括复杂系统和复杂网路、颗粒流的研究),以及具体电子功能材料的研制(高温超导材料、稀土铁制材料、电子功能材料等)。我工作之余,对社会科学的有关内容也颇感兴趣,在哲学(古典哲学和现代西方哲学)、教育学(科学史、教育学的一般原理和超常教育原理)等领域也颇有涉及,在有关学术杂志上和学术会议上发表过多篇论文。感兴趣的读者可以参阅 2020 年华中科技大学出版社出版的我所撰写的《科苑沉思录》。

应该说明的是,2019 年获湖北省科学技术进步奖特等奖的项目(脉冲强磁场科学中心的建设)次年被授予国家科学技术进步奖一等奖,我是参加者之一。实际上,该项目的负责人为潘垣院士和李亮教授,我的主要贡献是为申报该中心的建设撰写相关

建议书。潘垣院士 90 岁有余,致力于科学研究,耕耘不止。他与我亦师亦友,在这本诗集中,有好几首涉及有关内容。

  作者只是一个古典诗词的爱好者,尽管作品也得到了广泛的赞赏,但疏漏之处在所难免,敬请读者批评指正。

张瑞明

2024 年 6 月 6 日

目　录

一、家国情怀

壮哉华工 ………………… 3
马公赞 …………………… 3
示孙辈 …………………… 4
长征八十周年赞 ………… 4
江城子·抗洪两章 ……… 5
　　闻杨德胜烈士遗孀桂丹事感怀
　　…………………………… 5
　　抗洪即事 ………………… 5
改革开放四十年感怀 …… 6
贺国庆七十华诞 ………… 6
示诸生三首 ……………… 6
　　其一 ……………………… 6
　　其二 ……………………… 7
　　其三 ……………………… 7
乙亥除夕即景 …………… 7
渔家傲·悼屈原 ………… 7
沁园春·南湖红船 ……… 8
纪念抗日战争胜利七十五周年
　………………………………… 8
抗日战争文化事业内迁书怀
　………………………………… 8
左太冲 …………………… 9

谢灵运 …………………… 9
江城春韵贺女神 ………… 9
北斗吟 …………………… 9
满江红·北斗吟 ………… 10
浪淘沙·刘邓挥师大别山 … 11
荆公 ……………………… 11
三星堆考古现场直播抒怀 … 11
宋徽宗 …………………… 11
满江红·赞强磁场二期工程建
　设获批 ………………… 12
满江红·中国共产党建党百年颂
　………………………………… 12
辛丑五四感言 …………… 13
七十周年校庆三首 ……… 13
　　凤池吟·贺词 …………… 13
　　满庭芳·感怀 …………… 13
　　蝶恋花·青年园梦忆
　　…………………………… 14
蝶恋花·清歌且赋和谐赋 … 14
贺神舟十五成功抵达空间站 … 14
袁隆平周年祭 …………… 14
贺长江诗苑成立 ………… 15

西江月·癸卯清明时节全家赴	水调歌头·红安行 …… 15
故乡红安扫墓 …… 15	贺中国共产党103周年华诞 … 15

二、凤鸣河山

江上龙舟 …… 19	秋意 …… 28
神仙游两首 …… 19	雁愁 …… 28
其一 …… 19	即景 …… 28
其二 …… 20	庚子秋问 …… 28
鹊桥仙·春愁 …… 20	青玉案·荷花弄 …… 29
喻苑银杏道初冬偶成 …… 21	醉花阴·黄叶 …… 29
远眺 …… 21	虞美人·松风迎宾 …… 29
秋兴（几行寒雁衔愁去）…… 22	秋月琴音 …… 30
秋兴（枫叶红如火）…… 22	醉花阴·中秋游仙 …… 30
荷花吟两首 …… 22	忆鹿门山 …… 30
其一 …… 22	秋思赠经美 …… 31
其二 …… 22	诗情画意透窗纱 …… 31
水龙吟·残荷 …… 23	虞美人·珞珈山恋 …… 32
刺梅 …… 23	湖上龙舟 …… 32
渔家傲·孤城 …… 24	香山九老吟 …… 33
庚子春雪 …… 24	忆江南·黄山三章 …… 33
庚子春云 …… 24	黄山松 …… 33
南山吟 …… 25	黄山云雾 …… 33
牡丹照 …… 25	黄山奇石 …… 33
春望 …… 25	蝶恋花·神女峰 …… 34
蝶恋花·枇杷 …… 26	读王贞《白鹿洞》…… 34
庚子七夕赠内 …… 26	眼儿媚·小园春深即事 … 34
无题两章 …… 27	凭轩远眺 …… 34
其一 …… 27	巫山一段云·辛丑送春并赠友
其二 …… 27	人嫣然 …… 35
秋雨 …… 27	桃花行 …… 35

虞美人·杏色醉 …………… 35
隔帘听·癸卯夜雨隔帘清切
　　………………………… 36
癸卯早春江城春梅怒放 …… 36
水调歌头·癸卯早春春梅怒放
　　………………………… 36
浣溪沙慢·癸卯春早珞珈山樱
　　花初放 ………………… 37
癸卯早春应王柱教授邀赴珞珈
　　山赏樱 ………………… 37
　　其一 …………………… 37
　　其二 …………………… 37
真珠帘·癸卯春分喻庐远眺
　　………………………… 37
浣溪沙·癸卯清明时节东湖绿
　　道路青 ………………… 38
一剪梅·癸卯江南春柔 …… 38
钗头凤·步韵沙月女史感迎陵
　　海棠诗 ………………… 38
钗头凤·癸卯仲春赏樱后连日
　　风雨樱花劫 …………… 39

咏蕉下客探春 ……………… 39
青玉案·甚姻缘重洋去（贾探
　　春吟）………………… 39
黛玉吟 ……………………… 39
青玉案·春侣天成天不成（黛
　　玉行）………………… 40
临江仙·壬寅冬至春望 …… 40
壬寅冬至忆故里黄冈赤壁游
　　………………………… 40
渔家傲·苦求德赛天涯绕 … 40
西江月·壬寅岁杪庭几水仙花发
　　………………………… 41
咏雪 ………………………… 41
牡丹 ………………………… 41
癸卯岁首探梅吟咏 ………… 41
癸卯早春寒料峭二首 ……… 42
　　其一 …………………… 42
　　其二 …………………… 42
望海潮·武汉赋 …………… 42
瑞鹧鸪·癸卯上巳垂幕吟寄友
　　………………………… 42

三、翰林唱和

王府雅集 …………………… 45
赠杨翁 ……………………… 46
赠内 ………………………… 46
赠叶升平君 ………………… 47
贺大同、雅玲伉俪金婚 …… 47
鸟儿嘲对 …………………… 48
归燕自嘲 …………………… 48

摸鱼儿·庚子春观梅园实景录像
　　………………………… 48
赠张凯壮行 ………………… 49
庚子春笑 …………………… 49
庚子春喜 …………………… 49
庚子春兴 …………………… 50
红尘 ………………………… 50

谷雨赠赵维义教授 …… 51	醉红妆·辛丑春节寄赠敏儿琳儿 …… 60
沁园春·杜陵野老行 …… 51	
清平乐·答谢自寿之赠作与问候 …… 52	江城梅花引·辛丑江城春早 …… 60
青玉案·寄赠远行友人 …… 53	鹧鸪天·春宵回赠王公 …… 61
寄赠张秀梅同志 …… 53	薛涛 …… 61
赠蔡勋教授 …… 54	春分回赠兆德公 …… 61
敬和林林书记 …… 54	郑公诔 …… 62
又呈向公 …… 54	行香子·洛阳牡丹奉赠刘郎 …… 62
寄北 …… 55	
鹊桥仙·赠刘经熙君 …… 55	敬和兆德兄《听雨品茶》 …… 62
读杨希玉女史《听雨》 …… 55	行香子·奉和朱雷华女史《石榴花红》 …… 63
赠鹰台诗社社长向进青学长 …… 56	
钗头凤·敬和林林书记 …… 56	立夏答兆德兄 …… 63
奉赠高公 …… 56	卜算子·敬和林林女史《圣地香格里拉》 …… 63
鹧鸪天·庚子年白露再赠李小刚伉俪 …… 57	
	行香子·奉和林林女史《风月泸沽湖》 …… 63
奉和张勇传院士和林林女史 …… 57	
	奉和林林女史《贺祝融号探测器着陆火星》 …… 64
阅胡一帆教授玉龙雪山照 …… 58	
	夏日赠高义华教授 …… 64
秋思赠翼明先生 …… 58	敬和兆德兄《凌霄》 …… 65
致潘垣院士 …… 58	青玉案·哀袁隆平院士 …… 65
虞美人·怀桂子山并赠灿公 …… 59	赠宏斌父子 …… 65
赠汪公 …… 59	哀开沅高贤 …… 66
敬和汪公《随园袁枚》 …… 59	辛丑初夏寄赠郭斌贤侄 …… 66
活水答汪公 …… 59	壬寅父亲节奉和武汉大学夏安恩教授 …… 67
东坡居士赞 …… 60	壬寅中秋应和爱民、丽荣伉俪 …… 67

江城子慢·雪晴寒峭学放翁 …………………………… 67
贺黄鹤诗联社换届 …… 68
癸卯早春三月奉和兆德兄《史鉴》
…………………………… 68
浣溪沙·步韵奉和沙月女史关于汉口竹枝词申报非遗词 … 68
读沙月女史《习家池》绝句感怀
…………………………… 68
壬寅岁暮答刘觉平教授 … 69
壬寅腊八奉和友人 …… 69
壬寅岁杪奉和故人《病中吟》
…………………………… 69
悼老友向进青 ………… 69

壬寅岁杪悼向进青、姚争杰两社长仙逝 ……………… 69
寄沪江陆继宗、冯承天教授
…………………………… 70
南澳行 ………………… 70
唐多令·癸卯三月三日上巳节别春华 ………………… 70
癸卯惊蛰答时在北国之诸生伉俪
…………………………… 70
一剪梅·辛丑小满奉赠赖建军教授 …………………… 71
兔年赠爱民、丽荣伉俪 … 71
悼念老友向进青社长 …… 71
敬挽冯天瑜兄联 ……… 71

四、感事抒怀

悼刘瑞祥君 …………… 75
波士顿感怀 …………… 75
贺敏儿四十生日 ……… 76
培道君十周年忌 ……… 76
贺张良皋教授九十华诞 … 76
世事感怀 ……………… 77
感恩节怀刘连寿师 …… 77
秋日遥寄张洁君 ……… 77
哭李君 ………………… 78
庚子寄赠王齐建君 …… 78
庚子春寄昌备兄及远人 … 79
无题 …………………… 79
庚子春梦 ……………… 79

赠兆久君并继安兄 …… 80
清平乐·八十初度自寿 … 81
父亲节奉和兆德兄 …… 81
渔家傲·贺姚立宁研究论文集出版 …………………… 81
鹊桥仙·次韵聂瑛女史 … 82
哭兆久 ………………… 82
读聂瑛女史《小暑闻雷声感怀》
…………………………… 82
有所思 ………………… 83
卜算子·感怀 ………… 83
即事 …………………… 83
醉花阴·秋咏 ………… 83

小楼茶道莲语	84	瑜珈禅意	93
秋怀	84	清明雅聚	93
鹊桥仙·人难老	84	天净沙·春赞	93
戏作	85	樱嘲	94
衔姬弄	85	清明后	94
虞美人·芙蓉诔	85	辛丑惜春行	94
匡庐杂忆呈王公	86	无题	95
贺诗宗昌仑履行职务	86	踏莎行·辛丑暮春怀远人	95
冬至赠王公伉俪	86	月季	95
嵇叔夜	87	琴瑟	95
曹子建	87	江城子·八十足岁戏作自寿两首	
修文圆梦	87		96
沁园春·玉梅引	88	其一	96
周公祭	88	其二	96
沁园春·望牛年新春	88	浣溪沙·癸卯春暮	96
鹧鸪天·危楼听春雨	89	癸卯暮春寄沙月	96
陶潜	89	癸卯金婚赠内	97
梅意	89	桑榆树下再迎春	97
梅啐	89	壬寅岁末	97
虞美人·无题	90	癸卯春分即景	97
即事	90	渔家傲·壬寅怀远人	98
喜迁莺·草庐品茶吟	90	癸卯岁首忆旧	98
蝶恋花·新春祭	91	行香子·辛丑春情	98
蔡文姬（蔡琰）	91	行香子·珞珈山吟	98
陆龟蒙	91	行香子·夏韵作展	99
天香子·野趣长	91	杜鹃牡丹三首	99
项羽虞歌	92	红杜鹃	99
痛悼周军教授	92	粉牡丹	99
仲春晓樱	92	白牡丹	99

甲辰端午东湖行吟阁 …… 99	甲辰仲夏偕爱女张琳游新洲问
甲辰端午节自寿 ………… 100	津书院有感 …………… 100
踏莎行·甲辰小满幽意 …… 100	

五、节令吟啸

癸卯春分后二日寄内 …… 103	鹧鸪天·冬至咏梅 …… 110
赠小雪 ………………… 103	小寒即事 ……………… 110
秋兴两首 ……………… 103	长相思·庚子年尾雪 …… 110
其一 ………………… 103	雪盼 …………………… 110
其二 ………………… 103	一剪梅·腊梅 ………… 111
冬兴 …………………… 104	除夕怀远 ……………… 111
上元节诗论 …………… 104	辛丑头场春雨 ………… 111
春祭 …………………… 105	辛丑元宵节 …………… 111
春誓 …………………… 105	喜迁莺·惊蛰风雨送梅 …… 112
庚子春半 ……………… 106	风雨清明贵杜鹃 ……… 112
庚子春分 ……………… 106	辛丑清明杜鹃行 ……… 112
庚子春雨 ……………… 106	浪淘沙·寒食樱花劫 …… 113
端午禅意 ……………… 107	蝶恋花·辛丑清明夜赠继安兄
渔家傲·庚子端午节读史 … 107	……………………… 113
鹊桥仙·庚子七夕有感 … 107	辛丑谷雨即景四首 …… 113
无题 …………………… 108	其一 ………………… 113
立秋三首 ……………… 108	其二 ………………… 113
其一 ………………… 108	其三 ………………… 114
其二 ………………… 108	其四 ………………… 114
其三 ………………… 108	辛丑春分 ……………… 114
秋愿 …………………… 108	辛丑春暮访繁一阁 …… 114
卜算子·庚子教师节 …… 109	辛丑立夏敬和姚立宁教授 … 115
庚子小雪 ……………… 109	壬寅盛暑所见 ………… 115
枯蓬 …………………… 109	壬寅重阳白头吟三章 …… 115

· 7 ·

梦醒吟 …………………… 115
望月叹 …………………… 115
桂花清秋迟放 …………… 116
蝶恋花·癸卯清明祭冯天瑜兄
 ………………………… 116
寒食赠冯天瑜兄 ………… 116
壬寅岁抄寄冯天瑜公 …… 117
癸卯清明雨霁放晴忆杨叔子校长
 ………………………… 117
壬寅秋夕哭杨叔子校长 … 117
癸卯清明前夕雨霁喻园晚樱盛开
 ………………………… 118
望海潮·癸卯元宵心语 … 118
癸卯早春即景 …………… 119
千秋岁·癸卯妇女节怀母 … 119
惜分飞·春归夏韵 ……… 119
鹧鸪天·壬寅大雪无雪 … 119
辛丑端午屈子吟 ………… 120
壬寅惊蛰 ………………… 120
早梅芳·癸卯冬至早梅 … 120
千秋岁·癸卯阳历除夕偶吟寄友
 ………………………… 120
癸卯小寒望日梦里探早梅 … 121
浣溪沙·癸卯岁暮探喻园 … 121
癸卯大寒荆楚大雪 ……… 121
浪淘沙慢·兔年暮三楚雪梅对
 ………………………… 121
癸卯岁抄老伴煮茶 ……… 122
癸卯腊月十五东湖冻冰之夜
 ………………………… 122

浣溪沙·辰龙迎春心语 … 122
癸卯江南小年恰逢望年立春所见
 ………………………… 122
立春冻灾复沙月、兆德公… 123
青玉案·春色正如注 …… 123
锦帐春·梅咏 …………… 123
癸卯年抄冻雨雪灾禽鸟僵死树林
 ………………………… 123
锦帐春·贺辰龙元旦 …… 124
甲辰龙年春节江城春意 … 124
临江仙·甲辰春节 ……… 124
月下白梅 ………………… 124
雨中花慢·甲辰雨水时节倒春寒
 ………………………… 125
甲辰元宵节近江城冻灾三首
 ………………………… 125
 其一 …………………… 125
 其二 …………………… 125
 其三 …………………… 125
甲辰上元节闹元宵 ……… 125
武陵春·早晨元宵深夜月出山
 ………………………… 126
甲辰春醒三部曲 ………… 126
 春望 …………………… 126
 春报 …………………… 126
 春醒 …………………… 126
甲辰九九终了 …………… 126
鹧鸪天·甲辰惊蛰 ……… 127
甲辰二月京城二会 ……… 127
汉宫春·二会京城春色 … 127

· 8 ·

醉春风·甲辰二月二读汉调《竹枝词》……………… 127	奉和林林老师《美丽乡村》… 129
庭前白玉兰怒发…………… 128	四月春咏………………… 130
甲辰仲春易安居士两首…… 128	甲辰清明前戏为两首……… 130
其一…………………… 128	其一………………… 130
其二…………………… 128	其二………………… 130
甲辰寄燕………………… 128	江城牡丹盛开…………… 130
甲辰浅春东九玉兰一朝竟放	牡丹吟…………………… 131
……………………………… 129	甲辰寒食………………… 131
醉花阴·甲辰春分抒怀…… 129	临江仙·甲辰清明怀椿萱 … 131

附录一：桃李不言，下自成蹊 ……………………………… 132
附录二：张端明教授学术成果 ……………………………… 138

一、家国情怀

壮哉华工

长江之滨,喻家山中。美轮美奂,壮哉华工。
湖光潋滟,山水空蒙。春兰秋菊,郁郁葱葱。
四十五载,享誉寰中。团结求实,吾人所宗。
严谨创新,是曰校风。四项原则,长留心中。
欧风美雨,择善而从。书声琅琅,琴声琮琮。
莘莘学子,暮鼓晨钟。如沐春雨,如坐春风。
诲人不倦,皓首老翁。哺育英才,其乐融融。
青年才俊,气势若虹。科学技术,敢攀高峰。
纵情四海,翱翔九重。大江南北,处处留踪。
白山黑水,傲啸霜浓。硕果累累,李白桃红。
人才摇篮,教育先锋。春华秋实,三楚雄风。
伟哉华工,江城鸾凤。浴海朝阳,着露芙蓉。
前程似锦,翠柏苍松。已登绝顶,更上穹隆。

注:此诗定稿于1998年国庆节。

马公赞

2013年1月16日赴母校武汉市第一中学,参加"马以驯先生教育艺术研讨会"有感。

马公声名振江城,管领春风育群英。
鹤影瘦姿人共仰,飘逸潇洒玉山倾。
金声玉振传薪火,大爱润物悄无声。
甘泉涓涓沃桃李,巧借金针度后生。
呕心沥血多风雨,星移斗转七十春。
故园春色花似海,凤凰展翅九霄鸣。
从来三楚多雄杰,愧我无成负师恩。
长愿先生身常健,祝我母校日日新。

注:①本诗刊于《瑜珈诗苑孟夏诗会》(2014 年 6 月)。
②马以驯,回族,江苏南京人。1951 年毕业于武汉大学数学系。曾任武汉市第一中学数学教师、校长,特级教师,中国教育国际交流协会理事。注重培养学生举一反三的能力,激发学生解题兴趣。

示孙辈

欣闻几位孙辈名列美国数学竞赛前茅,波士顿地区第一、二名,适逢鄙人获"全国教育系统关心下一代工作先进工作者"荣誉称号。盖君子之泽,三世而不斩欤?因有是律示儿孙辈勉之。

春光潋滟鸟声稠,喻苑枇杷灿如油。
老圃护花缘有意,雏凰引吭为无忧。
文章典范千秋计,家国情怀万里愁。
破浪乘风终有日,遨游银汉摘牵牛。

注:曹丕《典论·论文》有言,"盖文章,经国之大业,不朽之盛事",此处引申为文教、科学事业。写于 2017 年冬。

长征八十周年赞

震古烁今伟业,顶天立地英雄。
六万里路征尘,八十年间殊功。
浩气贯长虹,塞上风云去矣,
热血洒中华,神州处处春浓。
绚灿中国梦,而今迈步从容。

注:①诗歌为纪念红军长征八十周年而作,写于 2016 年。
②最新研究表明,红军三大主力军长征之总征程有六万余里。

江城子·抗洪两章

闻杨德胜烈士遗孀桂丹事感怀

潇湘饮恨浪汹汹,哭英雄,贯长虹。沧海横流,慷慨搏苍龙。人世痴情谁与共?丹心在,桂香浓。　　断肠一曲泣鸳梦,更清风,幕帘朦。思念犹存,泽国水乡中。一瓣心香祈壮士,和泪眼,断归鸿。

抗洪即事

昆仑底事落大荒?地黄黄,水苍苍。奇杰人间,请万丈缨长。收拾山河城郭固,平巨澜,伏狂浪!　　中流砥柱战威扬,撼荆江,振潇湘。黑水白山,处处凯歌昂。动地惊天降水怪,红旗舞,醉飞觞!

注:①1998年长江流域洪水泛滥。在抗洪斗争中涌现了许多可歌可泣的英雄人物和感人事迹。我受瑜珈诗社领导李白超先生之邀,第一次参加华中科技大学瑜珈诗社的活动,作《江城子》两首。这大概是我保留下来的我所作的最早的诗作之一了。这两首诗还获得了弘扬"抗洪精神"征文奖项,并且在1998年11月25日的颁奖大会上作为表演节目朗诵。初稿作于1998年国庆节。订正稿完成于2018年5月28日,载于华中科技大学瑜珈诗社的《瑜珈诗苑孟夏诗会》。

②宋张元干作《贺新郎·送胡邦衡待制赴新州》词:"底事昆仑倾砥柱,九地黄流乱注?"江南俗语,问何物曰底物,何事曰底事。昆仑山是中国神话中最重要的神山之一,中国许许多多的神话传说都和昆仑山有关。《列子·汤问》:"共工氏与颛顼争为帝[颛顼,黄帝之孙(参见《山海经·海内经》)。故此战实为炎黄战争之继续],怒而触不周之山,折天柱,绝地维,故天倾西北,日月星辰就焉;地不满东南,故百川水潦归焉。"

改革开放四十年感怀

改革长征四十年,中华旧貌换新篇。
蛟龙腾击双琼阙,鸾凤翱翔九重天。
五岭三湘金绣美,江南塞北玮瑰妍。
春风沉醉人休醉,烽火南疆未熄烟。

注:写于2018年6月8日,并于2018年6月9日在华中科技大学国际学术活动中心一号楼211会议室"庆祝改革开放四十周年诗词朗诵会"上朗诵。载于华中科技大学瑜珈诗社的《瑜珈诗苑孟夏诗会》。

贺国庆七十华诞

巨帆起航七十年,乾坤腾跃换新天。
春风万里长征路,霞虹千层改革篇。
四海龙腾云水怒,九州凤舞百花妍。
何辞衰朽鸣钟吕,唱罢《大风》唱凯旋。

注:写于2019年4月12日。"钟吕"即洪钟大吕,均为中国古代乐器,泛指乐律、声律。《史记》卷八《高祖本纪》:"高祖还归……自为歌诗曰:'大风起兮云飞扬,威加海内兮归故乡,安得猛士兮守四方!'"因此"大风"指慷慨而歌及治国安邦之志。

示诸生三首
——献给龚云贵教授、红英与敏华

其一

寒气今宵重,曙色明终开。
春云展霓裳,贵雅何壮哉!

其二

牡丹真国色,花开动京城。
朱红为素颜,娇娇百花英!

其三

春尽百花残,池塘绿参参。
遥看尖尖角,为有新荷开!

注:作于2020年1月24日。

乙亥除夕即景

桃符万户人依旧,躲进山楼度几秋。
三楚霜寒冷千嶂,江城道路少车流。
银屏闪烁温馨传,妻稚低头微信收。
是夕驰援天使到,江城父老不言愁。

渔家傲·悼屈原
——敬和茶港诗社王清锋先生

天意从来高难懂,凭公一问破朦胧,万古景仰兰芷供。峨冠耸,《哀郢》悲歌《离骚》颂。　　千载汨罗涛汹涌,诗魂忠魄成丹凤,虎豹之秦还如梦。桨飞弄,龙舟竞发神州同!

注:初稿作于2020年6月19日凌晨,订正于2021年6月14日。时过一年,又至端午节矣!

沁园春·南湖红船
——庆建党九十九周年

日出韶山,南陈北李,南湖红船。望长城内外,生灵涂炭。大江南北,内战何残!壮士忠魂,振兴华夏,砥柱昆仑何忍颠!为圆梦,血泪妆大地,气壮河山。　　山清水碧潺潺,赖红帆,人间全改观!见芙蓉国里,莺歌燕舞,农家院落,翠柳含烟。四海飘零,五洲震荡,安睹神州真如山!夕阳下,但俏歌春色,不忘先贤。

注:写于2020年6月27日,时近七一建党节。

纪念抗日战争胜利七十五周年

血雨腥风十四年,长风万里赤旗妍。
碧霄鸾凤涅槃后,雄踞东方丽日天!

抗日战争文化事业内迁书怀

虎贲淞沪千秋业,吴淞内迁万古芳。
自古干戈卫疆土,不言文道护无阳。
崖山战后中华在,大义春秋一脉香。
西去东归忠烈事,儒冠正气九州藏!

注:写于2020年11月28日。读纪增爵教授回忆1937年八一三淞沪抗战后,同济大学内迁的悲壮历程有感。该回忆录讲述了抗日战争期间我国文教事业以及故宫文物内迁等事。这些壮举表现了中华民族对其固有优秀文化传统的坚守与执着,反映了举世无双的家国情怀。纪增爵为我国著名的测绘科学家,曾任华中工学院副院长、武汉测绘科技大学党委书记兼校长。

左太冲

高赋三都左太冲,洛阳纸贵响洪钟。
激扬傲啸纵论史,晋魏风流又一峰!

注:写于2021年1月18日。

谢灵运

东南形胜屐痕留,口吐莲花诗韵流。
山水诗宗天纵子,可怜英俊不留头。

注:写于2021年2月20日。

江城春韵贺女神

翠镜波平啼晓莺,春深似海满江城。
樱花怒放雪云舞,蝶舞轻扬星帆迎。
最是桃红殷切意,难言湖翠浩然情。
无边春韵无须躲,佳节杖藜贺女英!

注:写于2021年三八妇女节凌晨。

北斗吟

红帆开航百年早,引航高瞻过惊潮。
共和大厦中华立,英杰勒碑金水桥。
天上众星朝北斗,人间导引赞奇招。
宏图实现廿余载,大业告成三步要。
地北山南咸定位,星球地面向程描。

国防保障添重器,经济腾飞上碧霄。
智慧城池不是梦,天罗地网卫国朝。
东风不与俊郎便,春色居然何岸涧。
不忘初心旗漫卷,记牢使命笑声飘。
共兴人类共同体,命运和谐路一条。
若定指挥跟舵手,紧随北斗路迢迢。
实干兴国重科技,再造辉煌奏管箫。

注:我与杨凤霞副教授所著《北斗导航——高精度全球卫星定位系统》于 2020 年 5 月出版。河北科学技术出版社请我们加一后记,补充该系统在出版后的新进展,作为建党一百周年的献礼。故吟成此排律,以志庆也。时为 2021 年 3 月 15 日。

满江红·北斗吟
——贺建党百年

北斗功成,国重器,环卫海山。抬望眼,银河璀璨,皎月澄圆。紫气春光芙柳国,纵横网络物流坚。是佳城、智慧羽衣添,桃李欢。　　红帆举,百岁间。豺狼驱,地天翻。有心中北斗,一往无前。为有初心如砥石,遂令北斗从星联!赖红旗、北斗乘长风,千万年。

注:写于 2021 年 3 月 16 日,以我与杨凤霞副教授合著并出版的《北斗导航——高精度全球卫星定位系统》起兴,再赋《满江红·北斗吟》,以庆贺建党一百周年。该词也将补充进书中,作为建党一百周年的献礼。

浪淘沙·刘邓挥师大别山

铁箭向中原,大别山巅。电光雷闪敌酉寒。鹿死谁家分已定,凯奏云天。　　刘邓写新篇,奇策昭然。红旗敌后更鲜妍。浊水污泥齐去也,春色无边。

荆公

绝句荆公俊丽俏,自成一体似仙调。
通神入化奇峰生,往往坡公汗颜烧。

注:荆公指王安石。

三星堆考古现场直播抒怀

蚕丛鱼凫传素笺,华阳开国四千年。
铜雕缘结中州路,罩面潮头西域边。
巴蜀异奇金作甲,三星珍宝醉难眠。
星罗棋布古邦国,月朗星稀河洛连。

注:写于2021年3月27日,时电视播放四川三星堆考古现场挖掘实况,出土大量珍奇文物,目不暇接,收获巨大,深感此次考古必将改写中华上古文明史。

宋徽宗

翰词惹泪麻,书画似云霞。
莫说达芬奇,错生帝王家!

满江红·赞强磁场二期工程建设获批

山呼喻家,东湖畔,娇花朗月。有苍龙,势头待发,一冲天阙。十万师生家国志,铸成重器腾飞越。赛廉颇,白发叟潘垣,旗飘拂。　　弯弓射,朝天蝎。何日忘,金瓯缺。建科学工程,环球前列。壮志凌云中国梦,将军李亮豪情烈。从头越,国际浩歌昂,排云遏!

注:刚获悉华中科技大学脉冲强磁场工程已在"十四五"规划国家重大科技基础设施竞争中胜出,被列为"脉冲强磁场优化提升二期工程",总投资 25 亿元。该工程对于我国高科技的发展,如凝聚态物理、脑科学与生物医学、高功率太赫兹波源有关问题,以及先进电气制造技术及装备研发等,具有重大意义。对于国民经济的发展和国防建设的价值不言而喻。我作为该工程肇始参加者兴奋异常,夜不能寐,赋得此词歌颂之。尤其赞颂该工程之"灵魂"潘垣院士及"主帅"李亮教授。全国高校获此大工程建设者,只有三所大学,即清华大学、上海交通大学及华中科技大学。距离我作主题报告"寻求强磁场科学研究的突破口"已过去很久,恍如隔世。

满江红·中国共产党建党百年颂

沧海横流,百年望,波阔壮澜。巍然气,前驱后继,血沃青山。触目神伤叹故国,列强环伺几危悬。有英雄、豪气干青云,襟宇寰。　　红旗举,天地翻。豺狼驱,玉瓯圆。探月宫桂子,龙殿深岚。云里蘑菇惊四海,脱贫喜讯九州欢!赖中枢、星舰乘长风,天地间。

注：初稿作于 2021 年 3 月 14 日，农历二月初二，龙抬头，定稿于 2021 年立夏前。

辛丑五四感言

飙发怒号三万里，风云变色百余年。

誓清污垢挽沉疴，不忘初心继前贤。

七十周年校庆三首
——壬寅秋为华中科技大学华诞而作

凤池吟·贺词

寿序七十，玉龙腾起，喻岭侧畔湖边。看黉宫矗立，荒烟蔓草，崭换新颜。广厦重楼，凤池泮水灿星垣。朝阳浴海，鲜花着露，李艳桃丹。　　鸿儒探秘寻胜，更俊男靓女，岳顶登攀。恰凤鸣星际，箭驰南海，几许豪贤。翠柏情怀，铁笛吹得遏云间。君当记，路途遥、好梦初圆。

满庭芳·感怀

喻岭松涛，东湖凫影，多情杨柳依依。栉风沐雨，白发满头时。唯有夭桃艳李，浑不似、岁月相欺。东风破，青枝怒发，红艳第几枝？　　清波曾照我，少年豪宕，翠影花迷。应不识，杖藜踽踽迂耆。瀚海寻幽探胜，其九死，不悔毫厘。苍茫立、残阳秋韵，一任晚风急！

蝶恋花·青年园梦忆

一鉴方塘幽径绕。雾隐虹桥,莲舞鱼喧闹。最是销魂书诵早。蛙声应和波光袅。　　少小流连商鼎老。杉桂亭亭,衰鬓留夕照。雁影荷香莺语渺。月来云破涵芳草。

蝶恋花·清歌且赋和谐赋
——为壬寅秋武汉国际湿地大会而作

棋布星罗湖汊处。云梦遗珠,满目蒹葭渚。地北天南鸥鸟驻。莺莺燕燕真无数。　　枫醉桂香黄鹤舞。四海宾来,旧友兼新雨。地久天长情缕缕。清歌且赋和谐赋。

贺神舟十五成功抵达空间站

昨夜六英逢梵宫,雪花顿舞逐空蒙。
巡天追梦探星海,碧落神舟华夏风。

袁隆平周年祭

披肝沥胆写春秋,国士胼胝丰稻收。
泪洒潇湘杜鹃雨,一年啼血哭公流。

贺长江诗苑成立

万里长江滚滚来,朝阳浴海百花开。
兰台芳信东风意,万紫千红倚日栽。

西江月·癸卯清明时节全家赴故乡红安扫墓

造化丹青妙笔,锦屏故里芳畴。馒头几座立陵丘。先祖春晖依旧。　　愁系无非杨柳,梦醒不觉霜头。闲翔疾影几沙鸥,何必一飞重九?

水调歌头·红安行
——贺建党百年

巍峙大别麓,小小县红安。四十八万,锣鼓一响怒雷喧。地覆天翻鏖战。二百将军涌现,功业绘凌烟。二老两旌世,独此血花妍。　　二程水,七里镇,玉台巅。蕙风驰荡,莺啭燕舞毅魂前。捷报脱贫播远。赤帜舒如轻卷。铁骨肯登攀。锦上添花路,追梦鹊槎园。

注:写于2021年清明前夕,以此祭奠英烈,志贺建党百年,并向余家乡致意。词中二老,董必武与李先念也。

贺中国共产党103周年华诞

鲲鹏展翼上摩天,百载添三华诞年。
银海梦舟星影醉,神州锦色月儿圆。
雄兵虎帐烽烟远,坚舰南疆晚唱妍。
砥砺初心冰玉莹,前途美景莫知边。

二、凤鸣河山

江上龙舟
——端阳感怀

榴花乍吐雨粼粼,万舸竞驰吊屈平。
《哀郢》荒城存古墓,《国殇》壮士殆牺牲。
汗青何啻尽成土,湘沅至今留恨声。
虎豹之秦今岂在？遏云江上《大风》生！

注：①本诗刊于《瑜珈诗苑仲夏诗会》(2016年6月),订正稿于2016年6月12日完成,临近75岁初度。修正稿于2018年5月28日完成。

②《哀郢》《国殇》皆为屈原所作。所谓"哀郢",即哀悼楚国郢都被秦国攻陷,楚怀王受辱于秦,百姓流离失所之事。《国殇》为追悼楚国阵亡士卒的挽诗。

③《大风》指汉高祖刘邦之《大风歌》："大风起兮云飞扬。威加海内兮归故乡。安得猛士兮守四方！"此处引申为楚文化之意也。

神仙游两首

受余友王齐剑之邀,小憩麻省深山之湖别墅数日。王齐剑乃纽约大学教授,以七十余岁高龄伴余轻舟荡漾,畅游平湖,平生快事也。盖余不良于行动久矣！

其一

旧雨凋零甚,知音唯剑叟？
感君珍重意,遂我汗漫游。
风软拂烟水,云轻弄梦舟。
庄生今若在,蝶舞认归鸥。

其二
故友凋零甚,新诗不敢愁。
感君云鹤意,遂我谪仙游。
远树添苍滴,清澜戏影柔。
何如邀五柳,一醉共嘲酬?

注:①本诗刊于《瑜珈诗苑仲冬诗会》(2017年12月)。初稿写于2017年8月3日,订正稿写于2018年5月28日。

②汗漫游意为世外之游,形容漫游之远。典出《淮南子》卷十二《道应训》:"吾与汗漫期于九垓之外,吾不可以久驻。"汉高诱注解:"汗漫,不可知之也。九垓,九天之外。"

③庄生、蝶舞指庄周梦蝶,典出《庄子·齐物论》:"昔者庄周梦为胡蝶,栩栩然胡蝶也,自喻适志与,不知周也。俄然觉,则蘧蘧然周也。不知周之梦为胡蝶与,胡蝶之梦为周与?周与胡蝶,则必有分矣。此之谓物化。"庄子运用浪漫的想象力和美妙的文笔,通过对梦中自己变化为蝴蝶和梦醒后蝴蝶复化为己的事件的描述与探讨,提出了人不可能确切地区分真实与虚幻和生死物化的观点。

④李白是位受道教思想影响颇重的诗人。司马承祯赞其"有仙风道骨",贺知章称其为谪仙人。在李白的诗集中,游仙步虚之篇、轻举飞升之词及酬唱羽士仙翁的作品多有所见。

⑤东晋诗人陶渊明的住所边有五棵柳树,所以他自号"五柳先生"。他在自传《五柳先生传》中说:"先生不知何许人也,亦不详其姓字。宅边有五柳树,因以为号焉。"

鹊桥仙·春愁

青芜湖畔,亭亭杨柳,片片樱花繁茂。春深日暮恰如洋,惆怅可怜还依旧。　　薰风娇软,雨丝梦断,欲别芳春萧叟。年年岁岁断肠时,春愁唱晚残照牖!

喻苑银杏道初冬偶成

名园堪画如堆锦,银杏排排景色新。
日照芳林金错玉,风吟落叶幻耶真?
不须蓬岛仙山客,愿作人间寻梦人。
更是清光沉永夜,痴翁明月两逡巡。

注:写于 2018 年 11 月 28 日。该诗在瑜珈诗苑仲冬诗会上朗诵并载于该诗会之诗集的第 104 页。

远眺

独立文峰观景台,渝城图画入帘来。
远山含黛天涯尽,近郭迷楼雾上裁。
少小已随风雨去,萧翁却伴岫云回。
当年慈父牵童子,蔓草飞鸢自快哉。

注:①2019 年 4 月下旬,我携夫人受房然然博士之邀,访问重庆邮电大学。4 月 26 日,由史老师陪同游览重庆南岸文峰塔下的观景台、抗战时国民政府主席林森府邸。尽欢而返,此两处景点已划为铁路疗养院范围多年,一般游人罕至,环境幽雅。

②文峰塔矗立于重庆市南岸区黄桷垭文峰山之巅,建于清朝道光三十年(1850 年),为重庆市市级文物保护单位之一。《巴县志》记载:"文峰塔峭立山巅,凡七级,高逾十丈,万松围护,攒天一碧。"

③文峰塔下的观景台并非著名的一棵树观景台,但二者相距不远,乃川军名将范绍增在重庆南岸的别墅,保存良好,现改作游人观景台,二楼家具为其原来的陈设,古香古色。我们一行人一起在此地品茶谈天,乐何如哉!

秋兴（几行寒雁衔愁去）

几行寒雁衔愁去,一番秋风送馥来,
最是人间好时节,桂花灼灼月宫栽。

秋兴（枫叶红如火）

枫叶红如火,菊香总袭人。
秋光无限好,何事苦吟春?

荷花吟两首

2019年8月17日,我携夫人至东湖之滨会渔桥畔赏荷。此前,我多次与夫人在落雁岛景区夜观荷花。感触良深,因有是律。

其一

丽日晴空晓风轻,软沙翠浪探佳人。
雁翔月下悄无力,鱼戏朝晖绝俗尘。
妆就水天无尽碧,霞蒸珠泪数尖新。
风生亭盖翩翩舞,夏韵原来胜似春。

其二

君生时节春怨生,丽质天然初长成。
不与牡丹争国色,爱共白鹭度昏明。
婷婷荷盖鱼声细,漾漾翠波兼苇轻。
悄悄而来飘逸去,寒塘残荷载诗情。

注:定稿于2019年9月14日。拖延数月,盖因我病体缠身也。在此期间,我获得"湖北省科学技术进步奖特等奖"。前几

日,有关领导告知我参与的脉冲强磁场项目已正式批准获得"国家科学技术进步奖一等奖"。古语云,"祸兮福所倚,福兮祸所伏",信不诬也。强弩之末,势不能穿鲁缟。衰朽之人,以静养休息为上。

水龙吟·残荷

　　轻风暮雨寒塘,断蓬败荷声声慢。一泓秋霭,千般夏韵,红消绿断。月破云来,雁归迷影,何方寻伴?伴月华如水,餐霞饮露,处泥淖,何曾怨?　　况有濂溪顾眷,将清箫、歌吹笙管。佩弦背影,哽酸凝睇,阑干拍遍。耿耿冰心,晶壶澄澈,俗缘须满。有多情,岁岁薰风去后,待芳卿返。

　　注:初稿作于 2019 年深秋,修订稿作于翌年冬至后数日,订正于 2021 年 5 月 24 日。盖濂溪者,宋之大家周敦颐之别号也。其《爱莲说》一文乃千古绝唱。佩弦者,朱自清,近代散文家,其名作《荷塘月色》就与莲花、荷塘有关。

刺梅

　　秋深已觉月光冷,不奈霜寒雪片频。
　　梅影庭前偏可恨,一枝独绽却争春。

　　注:写于 2019 年深秋,订正于 2020 年 1 月 17 日。

渔家傲·孤城
——奉和胡一帆教授

江夏除夕风景异,瘟神袭来孤城闭。路断人端楼影魅。真无泪,镇日难消相思系。　　浊酒只为春消息,银屏更添凄凉意。雾霭沉沉霜满地。人不寐,何当勒石江滩立!

注:作于2020年1月28日。相思者,亲情、友情及同志情也。勒石即树功碑,亦燕然勒铭之意也。武汉市防汛胜利后即在江滩高树丰碑。

庚子春雪
——寄赠华农诸生

探春恨不走天涯,电闪今宵送秀华。
片片雪飞窗外舞,江城树树见梨花。

注:作于2020年2月15日,时学生张丽荣见赠韩文公所作《春雪》:"新年都未有芳华,二月初惊见草芽。白雪却嫌春色晚,故穿庭树作飞花。"时风雷大作,豪雪纷纷,有感而发。树树梨花暗用唐诗人岑参诗句形容塞外大雪,"忽如一夜春风来,千树万树梨花开",犹言树树春色。

庚子春云

百转千回大江流,奔流到海不回头。
不辞西北群山绕,一路东南狮子游。
闻道新妆无数坝,几曾稍改素心猷。
春云乍展添江色,萧艾江城芬馥留!

注：写于2020年3月12日。其时关于武汉市中心医院急诊科主任艾芬的故事传遍江城。感慨万端，因有是律。

南山吟

仁者医人兼医国，瘟神两伏白头翁。

南山柏翠云霄碧，泪洒江城为世雄！

牡丹照

姚黄魏紫聚洛阳，古都装点好春光。

疫尘迷乱凭谁照？摇曳生姿百艳王！

注：①写于2020年4月9日上午，时唐超群教授有七绝《赏牡丹照》发表，以步原韵奉和。

②姚黄、魏紫均为牡丹名贵品种，其典故有趣，兹不赘述。

春望
——赠李、林伉俪

梁园虽好底须归，杜宇声声双泪垂。

情系关山春媚景，意悬喻苑夜凝眉。

枇杷欲熟风前舞，荷芰初生水雪姿。

水暖平湖待卿返，餐霞饮露话怀思。

注：①写于2020年4月23日，阅林林书记诗有感。此诗赠李校长、林林书记伉俪。两人思乡情切，游子离愁已极。

②梁园乃汉梁孝王所筑名园。历来有梁园虽好，不如归去的

典故;杜宇声声指杜鹃啼血不如归的故事,乃古蜀国国王杜宇的故事。杜宇死后化为杜鹃鸟,思念故乡,啼叫至流血。

③去年初夏,我们两对夫妇,加上蔡勖教授、周卓薇教授夫妇,张华民教授、尹丽莎教授夫妇在东湖落雁岛景区赏荷,乐而忘返。余有《荷花吟》诗也。甚盼与李校长、林林书记伉俪今年初夏再同游。共话阔别万里,疫情中彼此的关念!

蝶恋花·枇杷
——步和林林书记原韵

梦醒方知非故土,家国情怀,离恨千千缕。弄玉天涯乐几许?春光骀荡新冠误! 龟山杜宇开无数,杨柳依依,翠绕归时路。双燕何须多踌伫,枇杷熟醉香如故!

注:①写于2020年5月2日,订正于2021年5月27日。应和林林书记《蝶恋花》词也。寄赠李校长、林林书记伉俪。

②弄玉者,秦穆公之女也,典出《列仙传》。大意为弄玉与其夫萧史鸣箫弄瑟,双双飞天的故事。夫妻二人为古代美满配偶之典范。

庚子七夕赠内

别时容易见时难,七夕年年共月欢。
一刻清宵鸳梦意,千层别泪鹊桥澜。
情真难免丝无尽,意切总归石不残,
赢得厮磨霜鬓白,牛郎织女笑相看。

无题两章

其一

秋风亭下渡黄牛,赤日炎炎湍急流。
痴客死生悬一线,峡云往返荡无忧。
野山关道凄凉夜,肠断苗坪冷月畴。
君瑞未随花影动,莺莺隔叶俏啼愁!

其二

相逢何必曾相识,相识岂能朝暮同?
峡口乞来沧海意,巫山未省楚王梦。
月下花前独斟酒,巴山蜀水自吟风。
嗟怨年年鹊桥渡,百年重聚太匆匆!

注:①秋风亭乃巴东旧县城所建纪念寇莱公之亭阁也。其下乃古渡口,水势湍急,乃黄牛滩之故址。《水经注》有"三朝三暮,黄牛如故"之谚。余在此遇险,溺水几遭灭顶之灾,幸由一武汉大学学生所救。

②沧海意、楚王梦乃常见典故,兹不赘述。

③诗两首写于 2020 年 7 月 15 日,订稿于翌日晨。盖怀余五十六年前鄂西之行。

秋雨

——应和林林女史

暑消秋雨霖,薄雾后山襟。
喻苑添生色,红枫醉曼吟。
霜漱迎宾路,雁到旧时林。
桂影飘香日,斟樽夜正沉。

注：写于 2020 年 9 月 15 日秋雨中，应和林林女史作《秋雨》。其伉俪历尽艰难，天涯万里归故园。

秋意
——敬和兆德高贤《秋感》

乍凉还暖日，欲降未成霜。
天意怜芳洁，人间怕赭黄。

雁愁

不定阴晴近半秋，南行雁阵几多愁？
天涯秋水江湖远，难得清光回雁楼。

注：写于 2020 年 9 月 25 日。俗传归雁至衡阳来雁塔而止也。

即景

山枕寒湖翠色无，雨敲菡萏雁行孤。
雾绡不解老翁意，漫绕危楼遮眼乎？

注：写于 2020 年 9 月 25 日。

庚子秋问

秋风秋雨断肝肠，哀恨枯黄布八荒。
阮籍千秋惊世问，沉浮谁主立苍茫？

注：写于 2020 年 9 月 21 日夜雨中，应和兆德兄。

青玉案·荷花弄

水天共色风盈袖,正荷送、芳香透,不系舟移波影皱。亭亭蓬盖,鱼儿露首,婷袅中秋后! 芙蓉情愫天然就,淡扫胭脂乐何有?羞与牡丹颜色斗。餐霞饮露,梦陶怀柳,魂断菊花酒!

注:写于2020年,修订于2021年5月19日。

醉花阴·黄叶

秋风秋雨黄叶坠,叶儿何不寐?霜露洗梧桐,别样风姿,疏影横斜际。 桂香惹得人儿醉,缕缕相思泪。佳节届中秋,一样辉光,月色添娇媚!

注:写于2020年秋,内人携儿孙返故里探亲访病,返家郁郁者久矣。盖疫情之际,至爱亲朋亡故近十人。秋风秋雨,黄叶纷飞,庾信所谓:"树犹如此,人何以堪?"余反其意而咏之。死生人之常情矣,君不见芳林新叶催旧叶,世上前波让后浪乎?

虞美人·松风迎宾

桂香红叶迷人晓,佳节中秋了。松轩把酒迎双英,切情私语话萍踪,故园情。 天涯羁客归心碎,险象环生泪。隔帘莺啭醉松风,鸿儒故雨碰金钟,喜相逢。

注:写于2020年9月26日,晴空丽日。张勇传院士携公子、娇媳、弟子虞书记在松风阁欢宴李校长、林林书记伉俪,余夫妇作陪。松风送暖,娇莺婉转,杯觥交错,尽述离情。盖李、林伉俪自阳春二月赴美探亲,骤遇疫情。历尽艰辛,辗转返国,于时已到八月桂子飘香之金秋。词中故雨即故交。

秋月琴音

分辉素月怨嫦娥,一样清光今夕多。

回雁塔前归雁少,霜风琴韵妞妞歌!

注:写于2020年中秋前夕,听到孙女妞妞琴音,有感而赋。

醉花阴·中秋游仙

琼楼玉宇蟾宫媚,桂酒诗客醉。玉兔酿醪忙,尽把相思,化作浓醅味。　　素娥起舞金莲碎,云淡佳宾醉。俯瞰九州妍,火树银花,月色澄如水!

注:初稿作于2020年中秋,恰与国庆节相遇。双节之夕,玉宇澄清,赋得《中秋游仙》词。2021年5月25日再订稿。

忆鹿门山

鹿门山翠想当时,傲啸浩然云汉词。

堕泪碑前悬日月,稻粱州中仰风姿。

红颜一笑弃冠冕,白首三生卧晚枝。

青鸟殷勤蓬岛阁,风流天下惹相思。

注:写于2020年中秋节与重阳节间。应和鸿儒大德齐建兄《仰秋月怀孟夫子浩然》。盖十年前余携内子畅游鹿门山,林茂山翠,宜乎孟夫子隐居于此也!

秋思赠经美

班家兄妹千秋扬,妙笔生花纸尚香。

独有曹姑续兄业,满门贤彦满庭芳!

汉家自有霸王道,刘氏于今文武行。

日暮小楼听荷语,香茶一盏话开场!

注:2020年10月31日日暮,应刘经美女史之邀,赴小楼红莲茶宴。刘氏兄妹,辛亥英烈之后,一门才俊,文理全才,经熙、经燕、经美,兼及下一代,人才辈出,颇有汉班彪之家风。班彪长子班固才思敏捷,所撰《两都赋》誉满天下。其女班昭嫁曹氏,史称曹大家,《女诫》之作者,续成《汉书》。尤有奇者,班彪次子班超投笔从戎,扬威西域,英烈超人。余谓刘氏一门,颇有刘汉之班氏家风耶!余亦何幸,暮年得遇诸高贤!

诗情画意透窗纱
——步韵经美女史《有感》

今宵蟾桂借英华,残荷银浪漾鹊槎。

霓袖羞弹红锦曲,莲台常吐大贤花。

兰因岂慕诗仙酒?慧业因缘陆羽茶。

修竹小楼溶溶月,诗情画意透窗纱。

注:写于2020年11月1日夜,应刘经美女史之请,步韵其大作《有感》,亦茶宴之余兴也。

虞美人·珞珈山恋
——敬赠武汉大学诸先进贤达

春花秋雁知多少,负笈蒿莱道?无端大雪我行艰,等闲折桂小儿顽,珞珈山。　　何缘当日朝朝伴,梧荫凌霄汉。樱香常伴曲江楼,月华染白老夫头,苇航舟。

注:写于2020年11月1日,敬赠唐冀明教授、周国全教授、姚立宁教授、刘觉平教授、汪昌仑贤达、刘经美教授,及武汉大学诸友。余与珞珈山情结难解。1963年春节期间,大雪几欲封山,余在山顶图书馆报考某大学基本粒子专业研究生,一炮而红,颇露峥嵘。1963—1964年,余在武汉大学物理系攻读金属物理专业固体物理等课程,往返于桂子山与珞珈山之间,其时多蒿莱野径,优哉游哉,不以为艰,自得其乐!时武汉大学物理系主任戴春洲先生示余转学之意,少不更事,怡然不顾。改革开放以来,先是李国平院士知遇之恩,继而王治梁教授、田德诚教授等殷切教诲,终生难忘。2018年武汉大学物理学院召开田教授追思会,余恳切陈词。珞珈山者,荆楚文教之摇篮,茂材如林,俊彦如雨,学海之苇航之渡也。词中典故负笈、折桂、曲江楼等人所共知,不注。

湖上龙舟
——再读林林女史《游湖》

万方俱寂野花枯,霜叶残蓬下喻湖。
波澜不惊风俏细,飘凫云影共漂桴。
银瓶乍破远山震,龙舸似梭水面呼。
报国男儿江海志,冰河铁马有雄图。

注:写于2020年11月19日下午。

香山九老吟

香山九老醉吟舒,洛水龙门观鲤鱼。
长啸松林冠盖意,低徊绿水缙绅书。
会昌诸子禅心在,长庆名家豪气除。
司马江州泪几许,东都别业易安居。

注:唐会昌年间,以白居易为首的香山九老在洛阳经常唱和,所谓九老会。

忆江南·黄山三章

黄山松

黄山美,最忆是奇松。迎客绝岩云际立,松涛漫野势如龙,虬影月明中!

注:定稿于2021年5月7日。

黄山云雾

黄山美,云绕雾环间。万壑云涛腾泻急,千峰清霭卷舒闲,乘月欲登仙!

注:初稿作于2020年11月,应和林林女史也!定稿于2021年5月7日。

黄山奇石

黄山美,奇石甲天下。百怪嶙峋蓬岛景,莲花峰峭蔓萝花,几幸识仙家?

注:初稿作于2020年12月15日,订正于2021年5月23日。

蝶恋花·神女峰

神女峰云烟万缕,无限情怀,一曲高唐赋。自古山风总酸苦,相思当日朝朝暮! 瑶姬无恙惊鸿步,高峡平湖,倩影凌波雾。长恨人间多情误,从今春色长相顾。

读王贞《白鹿洞》
——奉和汪公

贞公白鹿自沉吟,周礼孔猷天道深。
片刻何曾离经行,分阴不舍换黄金。

眼儿媚·小园春深即事

烟雨葱茏满园莺。时节近清明。梨花初放,红樱喷艳,碧水舟轻。 开轩白首喻园聚,谈吐有芳馨。风柔念旧,竹幽曼吟,如海春醒。

凭轩远眺

山枕翠微烟浪平,絮丝满目近清明。
游丝宛转相思意,飞絮翩翩不了情。

巫山一段云·辛丑送春并赠友人嫣然

绿涨红消日,丝牵絮绕天。满城落华雨绵绵,春别正流连。　　老树春深发,残霞别样妍。春来春去也开颜,春在寸心间。

注:写于2021年暮春,时读北方诗韵为余诗词制作精致美篇,喜不自胜,赋此词致谢兼以送春也。

桃花行

桃花灼灼丽人妆,泪浥胭脂幽韵长。
桃李雨濡杨柳影,刘郎愁起绝尘芳。
风情万种夭桃态,硕果几枝蹊路旁。
裙下成蹊非自语,轻佻两字断人肠!

注:针对杜甫名句"颠狂柳絮随风舞,轻薄桃花逐水流"而作。诗中刘郎指刘禹锡。诗中引用刘禹锡与桃花观(玄都观)的典故,以及"桃李不言,下自成蹊"的故事。

虞美人·杏色醉

软风轻霭花枝小。杏眼枝头俏。万千宠爱斗芳芬,红杏一枝袅袅倚园门。　　莺飞蝶舞姣杨在,春色渐如海。小楼清夜月黄昏,娇佾销魂残鬓醉何人?

注:初稿作于2021年4月中旬,定稿于5月25日。

隔帘听·癸卯夜雨隔帘清切
——谷雨寄友人

夜雨隔帘清切,学海棠春睡。晨风识得残红坠。犹自悄含情,恁般妩媚。掬洒泪。不由痴、怎生儿醉。薰风起。青山浓翠。不敢兰舟系。相思梵韵双难寄。万病心魔得,易安憔悴。断肠未?禅门调、百邪消弭。

癸卯早春江城春梅怒放

梦逐浮香三镇间,虹随绡幄五湖连。
江城到处娇梅发,名苑边隅不夜天。
绯蕊疏枝红似火,雪波横斜锦堆烟。
妖娆岂让牡丹后,绽放殷勤百卉先。
靓女怜卿寥寞冷,芳菲映面共争妍。
春归莫说桑榆晚,性莽寒樱苞蕾鲜。
霞照繁梅蜂蝶舞,桃符笑兔吉祥年。
莺啼千里早潮急,燕剪轻风柳影穿。

水调歌头·癸卯早春春梅怒放

娇梅一夜发,玉笛动江城。电光星烂,名苑欢沸野喧腾。芳径暗香浮动,枝蔓彩绡霓雾,疏影自纵横。新妆衬佳丽,花面醉相倾。　　桃符新,晓风定,燕语明。繁英霞晕,万种娇媚不胜情。一样百花绽放,底事年年迟发?孤洁性霜清。宫角弄梅韵,岸阔远山青。

浣溪沙慢·癸卯春早珞珈山樱花初放
——观少阶兄摄制《樱花初放》

薄雾翠嶂绕,莺啭银杪。嫩婷窈窕,樱放黉宫早。脂粉色调,霓虹环盘道。佳丽知多少!花语问谁妍?俏人儿、芳华留照。　莫喧闹。看靓女才郎,惜光阴寸寸,翰海弄潮,壮志凌云表。岁岁此时,樱蕊碧山袅。解语阳春了。正李并桃枝,满红苞、盈盈浅笑。

癸卯早春应王柱教授邀赴珞珈山赏樱

其一

樱花喷发彩云屯,盘绕珞珈莺语频。
五载暌违娇逾昔,今朝笑靥倍堪亲。
脂胭淡冶好颜色,软媚轻摇不胜春。
当日梧桐应犹在,亭亭玉立矗天津。

其二

如烟往事老莱身,健步似飞当日真。
负笈兰台盘绣岭,探樱翠岫杖藜人。
旧交远影成追忆,新燕迷香又一春。
隽秀忘年情有柱,今宵月皎酒几巡?

真珠帘·癸卯春分喻庐远眺

危楼一夜听春雨。杜鹃啼、料峭衾寒如许。春半绿漪涟,雪漫梨花露。独立轩窗风韵好,恰纵目、碧波鸥鹭。

盟鸥。紫燕得闲情,排云深处。　　休怨行路崎岖,算霜衰换了,陋庐野趣。行到水源头,走至山幽住。缱绻柳风须快意,更老叟、临轩轻赋。笛赋。海棠卧无心,韵余环柱。

浣溪沙·癸卯清明时节东湖绿道踏青

不恋杜康醉碧漪,绿肥红涨柳烟迷,春风半失惜春时。　　梨雪几枝春带雨,杖藜绿道柳绵吹,荷香鱼影掩亭帷。

一剪梅·癸卯江南春柔

三月江南春意柔。窗透翠色,山涨丹旒。桃红李白遍江城,柳絮云萍,蝶舞蜂游。　　春色满园无尽头。归燕轻剪,新月悬钩。江山如此画难成,老去江郎,彩笔含愁。

钗头凤·步韵沙月女史感迦陵海棠诗

松声碎,霜髻泪,韵流樱劫仙音脆。翔天半,霓虹满,凤鸣迦陵,梦迷魂断。乱!乱!乱!　　东风意,百花醉,撷芳雕玉宏文丽。天涯短,结邻暖,疑曾相见,恨云归晚。看!看!看!

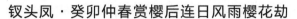

钗头凤·癸卯仲春赏樱后连日风雨樱花劫

樱花碎,胭脂泪,几番风雨琼枝脆。春欲半,落英满,缕丝飘絮,软红香断。乱!乱!乱! 春宵意,莫沉醉,灼华何有朝朝丽?良辰短,夕阳暖,秋月春花,棹歌渔晚。看!看!看!

咏蕉下客探春

休道佳人咏絮才,理家识得弼纶魁。
旁枝庶出悲哀世,蕉下探春欺白梅。
笙管沉沉谁解语,晚风咽咽女儿哀。
天涯海上生明月,远影孤帆泪满腮。

青玉案·甚姻缘重洋去(贾探春吟)

孤帆远影天涯路。甚姻嫁、重洋去。红粉岂惟吟雪絮。人情练达,经纶朱户。风范侯门女。 枝柯无奈疏旁庶。蕉下黄鹂客闲数。风华绝尘裙钏误。谁知幽怨,何叹迟暮。岁岁探春处。

黛玉吟

神仙眷侣凤凰俦,木石奇缘难到头。
切切春宵花解语,绵绵秋夜玉生愁。
沟渠不染冰霜质,芳塚长吟肝胆柔。
傲世孤鸾潇飒雨,铅华洗净自风流。

青玉案·眷侣天成天不成（黛玉行）

潇湘院落篁林路。独顽石、佳人顾。木石前盟花解语。惺惺惜惜，朝朝暮暮。百转柔肠处。　　梢头豆蔻霜华妒。花塚悲催断肠句。眷侣天成天不成。榻前焚稿，心中愁绪。魂断灰飞舞。

临江仙·壬寅冬至春望

清昼今朝初转长，乾坤朗朗晚风寒。枫丹荷盖晓霜残。虎头驱瘴气，年暮毒弹冠。　　岁月争知山月改，银光倾泻宅家烦。野梅冬至展欢颜。犁庭宜玉兔，凯唱莫疑难。

壬寅冬至忆故里黄冈赤壁游
——寄诗翁汪公

雪爪鸿泥白隙真，节逢冬至忆诗人。
当年竹径吟归晚，故里烟霄漾影邻。
赤壁周郎坡老误，西山明月腊醇醇。
世间怕唱广陵散，百岁难逢自在身。

渔家傲·苦求德赛天涯绕

塞翁不见何处了？德公闲懒不成调。虎啸终年羊自恼。官家傲。圈放不必盘多少。　　当日只缘筹策草。苦求德赛天涯绕。雨骤风狂春秋老。君莫笑。鹊桥错架黄泉道。

西江月·壬寅岁杪庭几水仙花发

瘦削丰神绰约,婷婷袅袅青青。冰肌玉骨水涵清。仙韵端由沉影。　　寒峭冻烟冬蛰,闲愁无奈频生。殷勤倾国忒知情。好梦独怀芳咏。

咏雪

月明映伴美人姿,孤鹤琼楼处士诗。
借得高天寒彻骨,妆成梨蕊暗香欺。
玉涵乾宇远山暮,冻合秀梅疏影枝。
不见鸟飞松壑静,芳春欲至雪消时。

牡丹

国色天香意态秾,春光管领百花丛。
姚黄魏紫霓裳舞,宋韵唐风七彩虹。
洛邑牡丹称国色,曹州名媛誉寰中。
紫薇园里旧时客,笑靥黎民沐晚风。

癸卯岁首探梅吟咏
——寄张秀梅

雪里幽香石径飘,冰绡浥润疏斜条。
风前玉萼意寒婉,月下金葩冻影招。
不爱红尘高士侣,总催芳讯丽姝朝。
乾坤留得清妍在,三弄梅花万古谣。

癸卯早春春寒料峭二首

其一

云彩之南鸾凤巢,青山隐隐水迢迢。
春心总从琼枝发,红豆绿杨垂细条。

其二

人世有情天难老,沈园又见春芳草。
春心莫共春花生,波影惊鸿惹人恼。

望海潮·武汉赋

九州通塞,华中衢会,大江淘尽英谟。天问啸吟,离骚绝响,风流万古三闾。玉笛唱渔夫。国魂在荆楚,百载鸿图。好梦初圆,长虹波卧变通途。　　翠湖叠嶂楼墟。更珞峦绿瓦,南浦霄梧。湖畔踏歌,关山晓月,春风桃李株株。怒放叶宽舒。逍遥光谷里,不忘心初。自有人间胜地,且赋凤凰居。

注:作于2022年小雪。

瑞鹧鸪·癸卯上巳垂暮吟寄友

轩窗人咏暮烟游。武陵茶焙古风侔。夜雨潇湘,竹敲空阶滴,流水琴音曲曲悠。　　时来上巳辞春节,独怀兰侣诗邮。几时月露云消,一夜横吹笛,踏芳州,湖畔喻家翠岭头。

三、翰林唱和

王府雅集

咸安雅集七贤俊，王氏高楼胜竹林。
樽酌不闻《思旧赋》，坐中常有大风吟。
杨翁檀板梨园雪，剑叟歌行蓬岛音。
最是鲈莼佳酿美，几巡好酒月西沉。

注：①本诗作于2018年6月18日。

②吾友王齐建之府邸坐落于咸安坊旁，2018年4月12日，七位老友雅集王府：齐建及其夫人张洁、杨明忠教授及其夫人陈宏薇、李雨青女士和我们夫妻。齐建兄有佳作庆贺。

③七贤指的是三国魏正始年间(240—249年)，嵇康、阮籍、山涛、向秀、刘伶、王戎及阮咸七人。因他们常在当时的山阳县(今河南修武县一带)竹林之中喝酒、纵歌，肆意酣畅，世谓七贤，后称竹林七贤。

④《思旧赋》是竹林七贤之一的向秀所创作的一篇赋。此赋怀念老友嵇康，抚今追昔，忧从中来，痛惜之情，溢于言表。格调比较低沉。

⑤大风指《大风歌》，是汉太祖高皇帝刘邦平黥布还，过沛县，邀集故人饮酒时创作的一首诗歌。酒酣时刘邦击筑，高歌这首《大风歌》。

⑥杨翁即杨明忠教授，系华中科技大学机械学院高才生，后在武汉理工大学机电工程学院(原机械学院)任院长、教授、博士生导师。席间杨翁演唱京剧数阕，轻歌曼舞，余音袅袅。

⑦梨园指唐玄宗所建梨园，指代戏剧界。

⑧蓬岛即蓬莱岛，为古代传说仙人居住的地方。

⑨鲈莼典出《世说新语》："张季鹰(张翰)辟齐王东曹掾，在洛，见秋风起，因思吴中菰菜羹、鲈鱼脍，曰：'人生贵得适意尔，何能羁宦数千里以要名爵？'遂命驾便归。"后以"鲈莼"表示思乡之情，或表示归隐之志，亦作"思鲈""思莼鲈"等。

赠杨翁

杨老才华更绝伦,轻歌曼舞满堂芬。
分明菊苑娇娆态,哪知杏坛旧广文。
甘露雍容乔相国,昭关白首伍将军。
何期江左蟾宫客,袅袅余音半入云。

注:①本诗作于2018年6月18日,端午节也。

②菊苑指戏剧界,杏坛指教育界。唐天宝九年设广文馆,设博士、助教等职,主持国学。明清时因称教官为"广文",亦作"广文先生",此处指教育工作者。

③甘露指京剧《甘露寺》,为一出折子戏,故事说的是刘备按诸葛亮的安排,将计就计,到东吴招亲,吴国太在甘露寺设宴,将孙尚香许配给刘备。刘备赴宴,孙权和贾化暗中作梗,幸得国老乔玄从中周旋,为刘备说好话,使得吴国太同意将孙尚香许配给刘备。本出戏的高潮部分在于乔玄的大段唱功。

④昭关指京剧《文昭关》,又名《一夜须白》,讲述的是伍子胥(名员,字子胥,春秋末期吴国大夫、军事家)的故事。

⑤江左即江东;蟾宫即广寒宫,是中国神话中嫦娥居住的宫殿。蟾宫摘桂常指科举高中状元,此处指杨老学术造诣高深,出人头地。

赠内

沙鸥陌路莫相猜,枝上鸳鸯风雨来。
独立终嫌池水浅,雁行始觉紫霄开。
茶粗缘尔有清气,酒淡累浓无宝杯。
赢得儿孙家法在,贫寒夫妇自悠哉。

注：①本诗作于2018年6月18日。此诗赠与我的妻子彭芳明女士。吾妻蕙质兰心，勤劳朴实，一生劳苦，受我之累，衷心歉然。纸短情长，此诗不足以表达万一。

②我有4个外孙和1个孙子，均全面发展，用功读书，时有好讯传来。前不久大外孙以初中二年级14岁的孩子身份，获得全美数学比赛奖项，并且以1500分的优异成绩通过美国大学升学考试（满分1600分）。

赠叶升平君

叶公飒飒气凌云，好义忠诚古道存。
凛凛寒风访蓬荜，连连妙语落芳樽。
眉山借得坡仙韵，楚水巧还居士魂。
至此峨眉娇媚月，江城波冷漾无痕。

注：本诗写于2018年10月20日。2018年12月15日，在瑜珈诗苑仲冬诗会朗诵并载于该诗会之诗集的第103页。叶升平，华中科技大学材料科学与工程学院教授、校工会副主席。他古道热肠，热心公益。从四川眉山归来参加苏东坡纪念活动，叶公巧夺天工，设计铸成苏东坡座像一座。

贺大同、雅玲伉俪金婚

瑞雪纷纷银世界，真金装点好婚姻。
峡波原接沧浪水，神女当年红线人。
泛水爱河三万里，高烧红烛百年春。
寒梅数点浮樽白，郁郁芳香旧雨亲。

注：①本诗写于2019年1月22日。金婚指结婚50周年。

②五十年前大同、雅玲之婚姻，两人因雅玲所咏的两句唐诗："曾经沧海难为水，除却巫山不是云"而定情。

③浮樽白即喝酒。

④旧雨是老友的代称。典出《全唐文》卷三百六十《杜甫二·秋述》："常时车马之客，旧，雨来；今，雨不来。"意思是过去宾客遇雨也来，而今遇雨却不来了。

鸟儿嘲对

喻园黄鹂啼未休，柳长不见蓼萧叟。

莫嗟辜负东风约，为避疫虫懒下楼！

注：2020年2月3日晨急就章。

归燕自嘲

旧燕低飞返喻园，惊惶不定自嘲连。

去年空院人声沸，老者欢言童弄弦！

注：写于2020年小年。

摸鱼儿·庚子春观梅园实景录像

倩银屏，观尝梅苑，能消几许愁苦？探春何怕春回早？名苑春光无数！君且住，依旧是绯红片片烟笼雾，婷婷不悟。算宿友虬梅，盘旋苍翠，心碎无人顾。　　亭台间，顿失喧声笑语，芳华岂有人妒。花团锦簇芜城赋，多事姜夔何诉？莺燕舞，君不见江城荆楚俱王土，百姓最苦。日暮倚危楼，春雷似在，黄鹤两江处。

注：①写于2020年2月18日。气温超过20℃,高于常年甚多。

②朋友发来梅园实录视频,阅后有此作,总算没有完全辜负庚子年的大好春光。

③姜夔,南宋大词人,作品多凄苦战乱之作,尤以抒写扬州战乱后的芜城(《声声慢》)著名。

赠张凯壮行

恨不伴君去,疼哉老病身。
江城多侠烈,义气重千钧。
决胜军号响,围歼尔瘟神。
行将春色烂,勒石纪功新!

注：写于2020年2月21日。

庚子春笑
——再赠张凯

君乃吉祥鸟,报春花朵俏!
何当归尽时,山舞翠湖笑!

注：写于2020年3月17日。

庚子春喜
——三赠张凯

大快人心事,双归武汉零!
樱花喻苑俏,迎客自婷婷!

注:写于2020年3月18日,适逢张凯书记告之,武汉"双清零",即无新增确诊和疑似病例。

庚子春兴
——寄赠远人

为惜芳华此苑中,去年今日怨春匆。
压城疫气连三月,破晓名园簇锦蓬。
玉蕊有情桃李雨,娇花含泪杏樱风。
人生行乐须乘兴,错失韶光悔已穷!

注:写于2020年3月22日,喻苑中时晴时雨,春深似海。赏析景色之余,惋惜春天易逝,赋《春怨词》一首。如今想来实属糊涂。夫光阴者百代之过客,胡不抓住当前,惜取分阴,及时行乐哉!

红尘
——回赠赵维义教授

无头蝇撞君诙语,野马脱缰书伴身。
行到水穷云尽处,喻园高卧忆红尘。

注:写于2020年3月29日。赵维义赠诗有"无头蝇撞,脱缰野马"等隽语,想见余年轻时性情刚烈,毫无城府的书生意气。赋此绝以回赠。盖赵教授伉俪皆为北京大学物理系才俊,与余同龄。诗中"水穷云尽",乃唐代王维名句"行到水穷处,坐看云起时"之典故。

谷雨赠赵维义教授

谷雨遘过日初长,新来旧梦渐平常。
诗情不敢乱云卷,幽韵当随野雁傍。
蝴蝶人生浑噩梦,濠鱼悲乐为何忙。
春光坐看天涯尽,风雨海天正苍茫。

注:①写于 2020 年谷雨(4 月 19 日)。余老病枯坐,难消整日孤寂也!

②蝴蝶梦、濠鱼乐之典故,均出自庄周《南华经》。前者为庄生梦蝶的故事,后者为庄子与惠施在濠梁之上观鱼,庄子讲水中游鱼何乐也,惠施反驳:"子非鱼,安知鱼之乐。"前者又诘问:"子非余,安知余不知鱼之乐也。"

沁园春·杜陵野老行
——敬和茶港诗社鄢良斌先生原词

将门英风,诗书门第,银河孤星。叹初衷耿耿,致君尧舜,敦淳风俗,事竟何成?岁月蹉跎,连天烽火,谁料飘萍伴此生?漫留得,万古诗千首,绝圣诗城。　　草堂愁望西京,哭秋叶,孤舟故土情。笔头生民泪,何时广厦,天涯寒士,乐命安宁?健笔如椽,胸襟屈子,诗经风流公一名!典型在,是云霄羽翼,四海同倾!

注:①写于 2020 年 5 月 16 日,修订于次日凌晨。余六十年前曾试填《沁园春·述怀》,后付之一炬。记得词中有:"喜今朝,天空复海阔凭我遨游",云云。今值太平盛世,终填完《沁园春》一词,不觉莞尔一笑。杜陵野老者,杜甫自谓也,其有诗:"杜陵野老吞声哭","杜陵野老骨欲折",云云。

②将门,指杜甫之十三世祖杜预,为西晋名将;诗书,指杜甫祖父杜审言,为初唐著名诗人。参见《新唐书》。

③杜甫有诗,"致君尧舜上,再使风俗淳。"见其诗《自京赴奉

先县咏怀五百字》(《杜诗镜铨》)。

④西京者,长安也。杜甫在成都和白帝城之居所均称草堂。杜甫之诗《秋兴八首》中有"无边落木萧萧下,不尽长江滚滚来",又有"丛菊两开他日泪,孤舟一系故园心",以及"老病有孤舟"等诗句(见《杜诗镜铨》)。

⑤广厦出自杜甫名诗《茅屋为秋风所破歌》,诗中云:"安得广厦千万间,大庇天下寒士俱欢颜"(《杜诗镜铨》)。

⑥胸襟屈子,杜诗赞美同情屈原甚多,如"应共冤魂语,投诗赠汨罗"等。

⑦云霄羽翼,杜甫有诗说诸葛亮:"诸葛大名垂宇宙……万古云霄一羽毛。"

清平乐·答谢自寿之赠作与问候

清平时节,飙起芳菲歇。人祸天灾何时别?端在运筹妥帖! 　　人事已是垂髦,事业无处何聊?痴念唯应大同,环球凉热共操!

注:①写于2020年国际儿童节,以敬答蔡勖校长、张兆德局长、林林书记、李小刚院长、赵维义教授等的赠作,以及尹处长、姚凯伦教授、雷式祖校长、尹丽莎教授伉俪、容敏丽教授、彭知难教授、高辅彩教授、汪定雄教授伉俪、郁伯铭教授、胡一帆教授、周国全教授、聂瑛女史、吴锦城教授、杨纪琼女士、赵瑞泰教授、王齐建教授等同事、同学、同仁,还有诸位后生的问候和关切!

②应致谢的诸生名单,难以一一列举。但华中科技大学高义华教授不仅吟诗作赋,主持、操办庆贺事宜,赖建军教授则埋头收集我散落的文章,龚云贵教授不仅多有建议,且与我讨论宇宙学与天体物理的近期发展。涂宏斌教授是我唯一的教育学博士,多有照顾我的生活。薛谦忠教授、李国元教授、严文生教授、王晓东教授、谭新玉教授、关丽教授、王建安等均属事业有成。华中农业

大学附属中学诸生,四十余年岁月,未阻挡彼此的挂念。姚立宁教授/校长、韩晓教授、李之清教授、熊新惠、刘四辈、杨爱民、张丽荣、吴建国等,也不得不提。

③近年身体欠佳,去岁不得重病,能安然度过艰难疫期,一赖组织关心照顾,二赖贤妻孝媳,一并致谢。

青玉案·寄赠远行友人

八千里雨狂风骤,二百日愁云逗。几番归舟耽误后。断肠千结,客思偏在,老母添新皱! 叹帘外绿肥红瘦,杜鹃唱,何期苦淹久?天际今宵难泪收。一帘烟絮,几杯芳意,祷祝高堂寿!

注:①初稿作于 2020 年 6 月 8 日上午。友人因航班不通之故阻隔万里。此词订正于 2021 年 5 月 27 日。

②友人高堂白发,老母乃九十余寿星。友人预定年关返乡奉母。而今航班一延再延,愁肠千结。

③友人去岁晚春离开武汉,于今已至初夏芒种时节。

④易安居士所谓绿肥红瘦者也。

寄赠张秀梅同志

昨夜星辰昨夜风,如烟往事渺无踪。
秀梅凝露移瑶圃,彩凤凌云入九重。
异域山川香如故,一天风月影偏浓。
百年多病人无寐,竟夕风雷雨打松。

注:①写于 2020 年 6 月 18 日凌晨,夜晚风雨大作,北风凄厉。

②本诗赠华中科技大学物理学院张秀梅书记。我校物理学

专业草创之初,张秀梅同志夙兴夜寐,奋不顾身,在朱九思老校长领导下,方使专业建设和研究生培养走入正道。其功莫大焉!1986年教育部下令调蔡克勇、张秀梅夫妇入北京。诗中瑶圃、九重皆指我国首都北京。二人奋斗终生,成绩卓异。蔡克勇教授于数年前尽瘁于教育事业第一线。儿女双双事业有成。

赠蔡勖教授

蔡公之问胜三闾,屈子欣然意豁如。
眼底沧浪让后浪,芳林新叶应时舒!

注:写于2020年6月19日傍晚,读蔡勖校长《端午读〈天问〉》,奇情绮句,有感而发。

敬和林林书记

薄雾轻烟送谪仙,层峦叠嶂彩云天。
玉妆银冠耸霄汉,群玉须弥现大千!

注:写于2020年七夕翌日凌晨。群玉、须弥皆指海外仙山。

又呈向公

桀犬吠尧何乃谬?杞人无事动天愁。
长津湖畔驱狼虎,珠岭峰前执赤虬。
万仞昆仑森莽莽,蕞残小丑吵啾啾。
何须梦断涔涔泪?霁月光风盛世秋!

注:写于2020年8月19日。

寄北

恨不乘风到燕京,惊闻兆久将西行。

绝尘风华潇湘女,地老天荒愧对卿!

注:写于2020年七夕后两日。霍继安、贺兆久伉俪,余相交、相知、相惜,莫逆五十余年,情逾手足。今惊悉兆久君弥留,不胜震悼!无奈余老病添新疾,艰于行动已两月余,不克赴京探望,痛何如哉!赋此诗聊表寸心。

鹊桥仙·赠刘经熙君

豫荆分野,鸡公屹立,烟笼云端高树。好风如水涧泉悠。更难得,野花盈路! 城廛归客,东篱把酒,何似餐霞饮露?等闲识得剡溪机,多应是,蓬莱情愫。

注:写于2020年七夕后五日。盖应刘经熙兄妹之邀而作。刘氏兄妹才识俱佳,余武汉市第一中学之老校友也。今夏赴鸡公山避暑,闲情逸致,其寄来之录像历历可见。鸡公山者,余游历数次,林木茂密,建筑别致,炎暑尤其凉爽,胜似匡庐。词中东篱、剡溪、蓬莱等为常见典故,兹不注。

读杨希玉女史《听雨》

危楼一夜听风雨,摇落群芳过小暑。

天籁声声留彩笺,芙蓉出水盖私语!

注:写于2020年8月26日,通宵大雨。读杨君诗有感。

赠鹰台诗社社长向进青学长

相惜相交三十年,峥嵘岁月尽云烟。

江城科苑经纶手,华夏兴教秉节坚。

锦绣巴山多俊杰,雄风黄鹤任盘旋。

春风如沐承教诲,大雅放鹰诗胜仙!

注:写于2020年7月9日。

钗头凤·敬和林林书记

梅霖骤,荷香透,去年今夕樽前酒。人情薄,疫虫虐。海涯相隔,雁归秋约。托!托!托! 神州秀,人儿瘦,故宛依惜君知否?秋声落,桂花萼。欢宴归客,稔年人爵。乐!乐!乐!

注:写于2020年7月10日。

奉赠高公

策论治安民为先,贾生浩魄月轮悬。

国家有利死生许,白首何曾未着鞭!

注:写于2020年8月2日。贾谊《治安策》乃千古名篇。余友高振国屡以贾生期许,愧不敢当。振国仁兄13岁慷慨从军,忠愤之气,老而弥坚。赋此诗以明志,奉赠高兄。

鹧鸪天·庚子年白露再赠李小刚伉俪

一年一度秋风凉,蒹葭苍莽露为霜。佳人归路山河远,菊傲依然旧日香。　　花溅泪,泪千行,天涯归客喜如狂。枫叶红似天边虹,寥廓江天换好妆。

奉和张勇传院士和林林女史

阔别近经年,鸿儒开广筵。

人间悲喜梦,俊杰九秋篇。

岂乃儿孙事,分明家国连。

春光乖气误,秋月浩无边。

不世菊坛客,频掀风浪巅。

归途疑路断,崎峭上青天。

故里风雷过,山花烂漫鲜。

鸳鸯归故里,游子返前川。

月影嫦娥舞,枫香玉兔弦。

故园殷切意,师友喜庆筵。

国庆普天乐,中秋亲戚圆。

两庆同一日,宾主共欢然。

红袖蟾宫舞,桂花喻苑妍。

西陵明日去,奉探老母仙!

注:写于2020年9月26日晚。

阅胡一帆教授玉龙雪山照

欲雪未成小雪节,寒烟冷雨人愁绝。

故人芳讯何由寻?飘洒玉龙会三杰!

注:写于2020年11月23日。三杰为胡一帆教授、吴好早主任和邱纪华教授,三位均为同届同学。

秋思赠翼明先生

洞庭波涌湘妃泪,斑竹潇潇木叶坠。

尧圣两媛清韵留,君山千载游人醉。

岂惟湘楚多贤才,尔乃唐家双璧粹。

桂馥秋山霜露重,幽兰傲菊相思寄。

注:写于2020年10月31日。寄赠唐翼明教授。唐氏双璧者,翼明先生、浩明先生也。誉满天下,颇有圣尧双英,娥皇、女英之情操。双英者所谓湘妃,乃洞庭女神,后嫁给大舜。舜没,双双投入洞庭。今君山有其墓与祠。时应刘经美女史之邀,赴小楼品茶道,领略翼明先生之风采耳!

致潘垣院士

百岁攀援誓不休,喻园仙鹤碧霄游。

平生为国铸重器,烈士暮年饶伟猷。

注:写于2020年11月3日。攀援者,潘垣也。潘垣院士毕生奋斗在科研前沿,宏图大略,睿智非凡,为国操劳,富于创造。潘垣院士致力于国家大科学中心及工程平台的建设,所谓国之重器之建设,成果累累,尤为难得。其年近米寿,最近又提出新重器建设宏图,为国家重视和采纳。

虞美人·怀桂子山并赠灿公

枫丹三径清香绕,谁信初冬了?软风丽日罩轻寒,幽人信步自来还,桂花山。　　昨宵旧梦心儿碎,冷月霜晨泪。隔帘莺啭送松风,峡云西去总无踪。问苍穹!

注:初稿作于2020年11月立冬。承灿公指谬,予以订正。

赠汪公

时当立秋红日头,岁令违和使人愁。
田畴连夜滂沱雨,盛夏四望纵横流。
蟋蟀声声哀噪苦,芙蓉朵朵懒烟浮。
诸公何必唱高调,民瘼堪忧在麦收!

注:写于2020年立秋次日,阅汪公昌仑大作有感。汪公大作较乐观,余则较悲观。抑或抱病在床一月有余之故耶?

敬和汪公《随园袁枚》

大观随园缘尘深,红楼梦断自长吟。
情随云水袁公意,诗韵性灵天下心。

注:初稿作于2020年12月16日,定稿于2021年4月13日。袁枚的随园盛传为大观园之原型。袁枚,清初大诗人,力主性灵说。

活水答汪公

识得天机活水来,汪公大雅太冲才。
云霞舒卷山无意,诗有仙桃碧落栽。

注：写于 2020 年 12 月 24 日，圣诞节。太冲者，左太冲也，洛阳纸贵为其典故。

东坡居士赞

东去大江浪千叠，松冈明月悲声咽。
风流文采天边虹，肝胆照人玉壶雪！

注：写于 2021 年 2 月 10 日。

醉红妆·辛丑春节寄赠敏儿琳儿

当年别恨二鸾凰，廿年余，自难忘？碧霄天际任翱翔，雏儿嫩，总牵肠。　　多情总被寡情伤，诡行恶，凤坚强。幸有双鸾相照应，聊足慰，老爹娘。

注：写于 2021 年 2 月 14 日。

江城梅花引·辛丑江城春早

——和林林女史

鹅黄嫩绿缀嫣红。紫氛东，浪涛东。疫雾劈开，天地撼千重。蹄奋金牛腾汉楚，绿茵地，草初生，梅艳浓。艳浓。艳浓。俏丽容。柳丝风，烟雨蒙。鸟啭百里，怎一个，春韵无穷。湖碧波平，云影有无中。去岁燕归轻慢也，为疫害，锁危楼，莫怪翁。

注：写于 2021 年，雨水。此年雨水晴空丽日。

鹧鸪天·春宵回赠王公

春光潋滟鱼传诗,百年知己个中知。思君泪发莺歌里,最是匡庐夜啸时。　　孩提事,断云迷。狮山风雨笑嗔飞。人间至味清欢矣,湖畔桨声真绝痴!

注:写于2021年3月2日。凌晨传来齐建公五言长联《赠明公》,感慨万分,唏嘘不已,遂填词《春宵回赠王公》。盖余与王公总角相交,七十余年矣。词中湖畔桨声指2017年盛夏,应王公之邀,在美国麻省深山瓦尔登湖畔度假避暑、划船,那时余开始认真学习古典诗词。

薛涛

风情才调绝尘姿,婉转娥眉吟咏迟。

墨少泪多笺失色,凄凉难写断肠时。

注:应和汤漾平教授才女之诗,时近2021年春分。

春分回赠兆德公

小技雕虫粱稻谋,翰词何敢凤凰俦?

天涯风雨黑云急,家国情怀几许愁。

注:写于2021年春分。余业为理工科基础研究,昔日所谓难登大雅之堂的雕虫小技者也。兆德屡以翰墨词林期许,赋此绝句以明志。

郑公诔
——奉和刘克明教授

英山育俊童,授业有文翁。

隽杰伤枚乘,萧条悲孔融。

书山探楚赋,翰海领清风。

痛失广陵曲,人生似雪鸿。

注:郑在瀛教授,余之挚友也,幼承祖父庭训,国学基础雄厚,慷慨磊落,才识俱佳。探索楚辞与西昆诗,发现尤多。诗中文翁、枚乘、广陵曲等典故,人所知之,兹不赘述。写于2021年,细雨蒙蒙中。

行香子·洛阳牡丹奉赠刘郎

浩荡春光,锦绣中州。恰牡丹怒放繁稠。嫣红含笑,姹紫怀羞。有蓝胜天,白胜雪,舞胜幽。　　天姿国色,东风沉醉,任刘郎彩笔新猷。残阳似血,新月如钩。叹诗多情,花多韵,客多愁。

注:写于2021年4月9日。词中刘郎非玄都观桃花之太子宾客刘禹锡,乃此番洛阳观牡丹之武汉大学教授刘觉平也。一笑,盖刘教授昨日有词《洛阳蓝牡丹》赠余也。

敬和兆德兄《听雨品茶》

笔蘸茶香彩句佳,新诗醇味入香茶。

雨添云雾万千态,烂漫诗情笔绽花。

行香子·奉和朱雪华女史《石榴花红》

风絮围城，山水笼烟。薰风起、榴华嫣然。贝牙轻启，憨娇无端。恰桐花飞、梨花落、楝花繁。　　招蜂果满，撩人花雅，绛唇间、籽玉盈盘。曲江佳丽，誉满长安。有荷花品、菊花洁、桂花鲜。

注：写于2021年5月12日。词中誉满长安者，盖石榴花也，西安为盛，古代诗词中其典故甚多。

立夏答兆德兄

东风驰荡李桃欢，谢却海棠枇杏繁。
借得南山松竹节，春蚕尽丝烛花残。

卜算子·敬和林林女史《圣地香格里拉》

缥缈氤氲中，梵乐明湖静。香界庄严传晨钟，古刹金波影。　　心伴浮云行，舟入蒹葭冷。鸥鹭何缘飞不定，禅意何人省？

注：写于2021年5月10日晨。

行香子·奉和林林女史《风月泸沽湖》

梦断泸沽，王母仙园。碧波隐烟笼三山。鸟幽星布，绿水清澜。访伏羲风、河汉月、女娲仙。　　原初风俗，元尊祖母，走婚兮女爱男欢。不知有父，母爱天然。但影同归、醉同伴、舞同看。

注：写于2021年母亲节翌日。

奉和林林女史《贺祝融号探测器着陆火星》

千秋震撼大夫问,踏破长空送祝融。

亿里电驰归故里,经年神箭穿杨弓。

火神建业乌托邦,玉兔犹巡桂月宫。

蹄奋金牛双甲子,百年辛丑耻清空。

注:①写于2021年5月16日。2021年5月15日凌晨,我国发射的天问一号火箭,运行近三百天,其探测器"祝融号"成功在火星乌托邦平原着陆。

②大夫问指《天问》,乃战国时期楚国三闾大夫屈原写的瑰丽浪漫诗篇,包含许多我国古人对天地创生的神话和疑问。

③祝融乃华夏传说人物,可见《吕氏春秋》,为楚之先祖,生为火正,死为火神。按火星之术语,西方之火神也。故有归故里之句。

④人类发射火箭探索火星已有许多年,有几个国家先行一步,但成功率不到一半。中国此次发射成功,故曰神箭穿杨。

⑤我国发射的玉兔号探测车是人类历史上第一次到达月球背面实现软着陆和巡视探测的探测器,该探测器至今犹在发射探测信息。

⑥1901年,与列强订立的辛丑条约丧权辱国,华夏之奇耻也,政治落后,民众愚昧,不懂科学之故。在党的领导下,中华奋起,一洗前耻耳。

夏日赠高义华教授

三十余年桃李情,激昂慷慨爱憎明。

扶桑东渡攀峰顶,美国风云不利行。

俯仰大方多吟咏,毫端翰墨合天成。

云帆高挂海洋阔,万里长风锦浪生。

注:写于 2021 年 5 月 20 日。赠高老师,并勉励赖建军、涂宏斌、钟志成诸教授事业大成。

敬和兆德兄《凌霄》

藤花松鹤凌霄风,夏雨墙隈欲嫣红。
最是中秋檐角月,依依花影晃风中。

注:写于 2021 年 5 月 13 日。凌霄乃藤花君子,清李渔曾盛赞之。

青玉案·哀袁隆平院士

湘妃泪洒风盈袖,送国士、哀弦奏!功盖千秋人自瘦。杂交水稻,百年奋斗。是泥巴教授! 刚肠热胆巍然就,烈日风霜善相守。食足等闲常有酒。情怀家国,书生无偶,义烈标身后!

注:写于 2021 年 5 月 22 日晚。是日,我国水稻专家袁隆平不幸逝世,长沙人民感天动地夹道泣送袁公到殡仪馆。据媒体报道,盖袁公之杂交水稻一年增产,可供四五亿人食用。其在科学上所作贡献,意义重大。袁公品德高尚,风范长存。赋此词聊表寸心。

赠宏斌父子

桃李春风三十年,当时小树已参天。
雪花祭酒育群玉,睿智书香继代贤。
文理难逢双博士,山川异域共争妍。
何当喜雨传鱼素,月送麟孙唱凤弦。

注：①写于2021年5月28日,时近端午节。涂宏斌校长跟随余近30年,2015年其被授予教育学博士学位,乃余之唯一文科博士。其子涂睿也与余过从甚密,武汉大学授予其理学博士学位,余为其博士论文答辩委员会主席。
②涂校长微信名"雪花",故取"雪花"二字。
③古代国子监执事者称祭酒。

哀开沅高贤

一时风雅万方师,桂魄惨然花尽时。
皓首书山探首义,毕生共和发新知。
高风亮节风波见,云水襟怀松鹤姿。
迭殒文星千嶂暗,红笺无色泪成诗。

注：惊悉我国忠诚的教育家、历史大家和辛亥革命史巨擘章开沅先生逝世。近日我国科学界、文艺界迭现元老"凋谢"的噩耗,更加重了后世肩上的压力。振兴中华,希望在下一代,尤其是年轻人。写于2021年6月。

辛丑初夏寄赠郭斌贤侄

岂惟虎父无犬菟,郭氏门宗顶梁柱。
山呼龙泉摆战场,陵前九阙旌旗舞。
沉雄大气运宏筹,忠厚友于继先父。
巷僻熊家出俊英,前程似锦君知否?

注：①余挚友郭培道弃世十余年矣,其子郭斌颇有乃父之风,仁厚友爱,锐意进取。疫情期间,郭斌任武汉市龙泉街道党委书记兼街道办事处主任,奋不顾身,屡建功勋。培道兄几位至爱亲朋,余焱祖兄、刘永钊兄、白祖柏兄与郭斌聚会两次,感叹唏嘘。

2021年初夏赋此诗赠郭斌。
　　②於菟者,小老虎也。

壬寅父亲节奉和武汉大学夏安愚教授
八六年来大浪淘,秧歌江畔缵戎袍。
风尘商贾茅茨夜,节义慈严叼斗朝。
漫漫故园西望雁,清清星汉旧怀巢。
珞珈仙客饱学士,相望隔湖赋父骚。

壬寅中秋应和爱民、丽荣伉俪
冰轮溢彩雪光寒,桂影松涛绕玉栏。
伉俪齐云高士意,金蟾苏马峡城叹。
月移花动纤云断,露浥衫飘夜色阑。
偷药嫦娥应悔恨,青天碧海此宵看。

注:①时爱民、丽荣伉俪休暑利川,因故难归汉。有诗寄余。
②齐云指齐云山。

江城子慢·雪晴寒峭学放翁
　　玉龙片鳞落。千万万、茫茫铸寒魄。远岚薄。梨花遍、绣出仙山琼阁。万方寞。独有红梅香气重,松涛起、筠篁冰皎幕。晚来霁月姿容,横斜疏影交错。　　悠闲霜天晓角。雪宵残梦断,朋侣佳约。漱玉词锷。红尘债、且就冰壶抛却。寄琴鹤。赢得蟾宫禅慧韵,诗情涌、神驰凉野陌。乍晴寒峭偷将放翁学。

贺黄鹤诗联社换届

凤鸣二月鹤翱翔,诗客高吟聚桂岗。
桃李杏坛挥俊彩,春风蟾阙吐华章。
婉柔漱玉易安笔,慷慨悲歌剑阁郎。
领雁长征今接驾,前程似锦迎朝阳。

癸卯早春三月奉和兆德兄《史鉴》

三百余年结连理,莫城基辅原唇齿。
奈何计失弃家缘,忍看尸横巷陌里。
华厦须臾成废墟,佳人血污腥风起。
花开不解诗怀愁,阮籍穷途泪难止。

浣溪沙·步韵奉和沙月女史关于汉口竹枝词申报非遗词

巫觋竹枝弄碧漪,江城叶调市廛迷,风华绝代乱云时。　　沙里披金兰畹谱,碧梧栖老凤箫吹,尘埃拂净揭纱帷。

读沙月女史《习家池》绝句感怀

杏雨桃风近寒食,竹林鹿寺习家池。
春秋汉晋存忠义,华夏汗青留鹤碑。
千载芳园草莱没,二瞻台阁绿涟漪。
三番水潦平川阻,女史词章有所思。

壬寅岁暮答刘觉平教授

端居圣代莫名哀,愧对文宏不世才。
月落南山珠有泪,留芳觉悟禅频来。

壬寅腊八奉和友人

金虎欲辞熬腊粥,细烹慢火沸渐稠。
迎春花发争领首,玉兔温润刚露头。

壬寅岁杪奉和故人《病中吟》

隆冬数九梦何成,虎尾欺公夜屡惊。
玉兔欲临春韵近,梅花三弄故人情。

悼老友向进青

天公无道夺英才,五内俱摧白日雷。
科苑耕耘并荷影,丛书策划别样裁。
鹰台义帜扬诗韵,彩笔霞绡绝俗埃。
驾鹤忍心君遽去,寒云有泪正徘徊。

注:写于2022年末。

壬寅岁杪悼向进青、姚争杰两社长仙逝

大雪江城过小年,东君殷切迎双仙。
夜阑卧听琼花舞,寂寞鹰台诗客怜。

寄沪江陆继宗、冯承天教授

十里春风着锦绣,外滩清浪自轻皱。
多情天使夜驰援,月照雪衣人影瘦。

南澳行
——寄赠吴、杨教授伉俪

南澳明珠南海疆,春光明媚迎吴郎。
白云有意青山恋,椰影无心雪浪狂。
千古风流韩愈庙,乾坤正气郑王枪。
轻衫漫卷黄沙滩,伉俪白头映夕阳!

注:①写于2021年春分,锦城兄寄传其伉俪畅游南澳岛之倩影靓照,赋是律赠之。
②诗中郑王者,延平郡王郑成功也。

唐多令·癸卯三月三日上巳节别春华

烟雨别春华。墨云恋翠崖。布谷催、绿遍天涯。料得湖边无婉丽,弹别柳絮、悼桃花。　　霜雪又头加。老妻双座斜。燕归窠、野渡舟遮。欲待芙蓉吟晚韵,天伦乐,醉流霞。

癸卯惊蛰答时在北国之诸生伉俪

玉兰郁郁发盈庭,惊蛰江城晴丽明。
水暖鱼筌素笺急,风香桃李故园情。
莺飞草长南湖月,雪断冰消塞外笙。
五十余年余一梦,北望鸾凤好和鸣。

一剪梅·辛丑小满奉赠赖建军教授

山枕明湖郁翠笼,榴花独放,枇杷垂重。夏弦蝉响昨宵生,新月如钩,松涌涛风! 金穗陌头果实丰,小满时节,更胜春容。百花开尽月须圆,荷芰初香,桐叶葱茏!

注:写于2021年5月22日。赖教授为编余之诗词,殚精竭虑,铭感于心,赋此词以谢。

兔年赠爱民、丽荣伉俪

爱河永浴,春花秋月绵绵鸳鸯意。
南浦初心,碧海青天耿耿家国情。

悼念老友向进青社长

鹰台首义,敢向太白振诗坛。
荆楚长青,勉从科教兴国运。

敬挽冯天瑜兄联

德业在珞珈,揭橥元典精神,浩气四塞天地动。
直声播华夏,拨开封建迷雾,巨笔一扫古今迷。

四、感事抒怀

悼刘瑞祥君

暗雨敲窗夜难眠,此时闻叟赴黄泉。

钢花瀚海送归鸟,皎月天山醉雪莲。

浩气探珠荆和魄,凛然高赋老潜仙。

山枫应解人间恨,摇落纷纷舞满天。

注:①吾友刘瑞祥1965年大学毕业后,在酒泉钢厂工作13年。其间,与时在新疆的刘玉华女士喜结良缘。

②刘君"板凳坐穿"30年,成功研发出具有当时世界领先水平的铸造模拟分析系统——华铸CAE软件。其用功之勤奋,遭遇之曲折,颇有楚人卞和探宝、献宝的况味。

③刘君业余雅好吟韵,曾有诗集《宽欣对夕阳》《无边望眼放秋江》出版,其诗风恬适旷达,往往有五柳先生陶渊明的韵味。老潜仙指陶渊明。

④本诗初稿作于2016年11月,订正于2018年5月28日。

波士顿感怀

人世谁过百,何怀千岁忧?

奔腾春汛急,烂漫暮烟收。

崎峭关山险,蜿蜒岫影游。

坐看暝霭外,晨曦遍神州。

注:本诗初稿写于2017年7月20日,波士顿,刊于《瑜珈诗苑仲冬诗会》(2017年12月),订正于2018年5月28日。

贺敏儿四十生日

长女张敏四十,七绝一首,聊以为贺。

锦绣华年四十秋,和谐琴瑟凤凰俦。

弄风吟月八千里,情满青山水更流。

注:本诗初稿作于 2013 年 11 月,波士顿,订正于 2018 年 5 月 28 日。

培道君十周年忌

君赴瑶台十载春,纷纷雨雪欲销魂。

可怜梅瘦解人意,岁岁年年送浅樽。

注:本诗初稿作于 2016 年 1 月 12 日家中,订正于 2018 年 5 月 28 日。郭公培道,慷慨磊落,侠胆刚肠,盖古之仁人义士也。其为武汉之绿化呕心沥血,鞠躬尽瘁,功莫大焉。契交莫逆,凡五十载。

贺张良皋教授九十华诞

张公良皋,我国著名建筑大师也,业界享有盛誉。学富五车,文采风流;诗词歌赋,云霞满纸。雅好考古、红学,多发前人之所未见。尤富传奇者,以耄耋之年传道讲学,行程数万里。盖学术界之盛事也。

桂魄清秋贺张翁,童颜鹤发不凋松。

霜欺雪压琼姿洗,行雨日曛真卧龙。

注:①1996 年,恰逢于毅之先生从台北返乡探亲。张公、于公与我的表兄成善继为中学同学。订正稿作于 2018 年 5 月 25 日。

②大思想家顾炎武《又酬傅处士次韵》有云:"苍龙日暮还行雨,老树春深更著花。"诗名中"傅处士"指明清之际的思想家傅山。

世事感怀

世事纷纷乱如麻,太平洋上疾雷加。
乾坤正待经纶手,大道终须伏怪咖。
不信东风唤不醒,且看春色遍天涯。
清平世界终相见,阮籍何由长自嗟。

注:①本诗作于2018年小雪。2018年12月15日,该诗在瑜珈诗苑仲冬诗会上朗诵并载于该诗会诗集的第103页。
②阮籍,字嗣宗,陈留尉氏(今河南开封)人。竹林七贤之一。曾登广武城,观楚、汉古战场,慨叹"时无英雄,使竖子成名!"

感恩节怀刘连寿师

寒雨连天楚云飞,欲将心事寄翠微。
桂花落尽香犹在,泽被杏园老泪垂!

注:作于2019年11月28日。

秋日遥寄张洁君

绮思吟絮未宜夸,巾帼张门胜谢家。
大智乞还菩萨水,活生顽石吐芳华!

注:①写于2020年元旦,订正于2020年1月17日。
②吟絮源自谢道韫咏雪的故事。《世说新语》上卷上《言语》:"俄而雪骤,公(谢太傅谢安)欣然曰:'白雪纷纷何所似?'兄子胡

儿曰：'撒盐空中差可拟。'兄女曰：'未若柳絮因风起。'"

③张门指近代姑苏四张（张氏四兰）也。

④菩萨水指南海净瓶菩提水。

⑤活生顽石指生公说法，顽石点头！晋无名氏《莲社高贤传·道生法师》："师被摈，南还，入虎丘山，聚石为徒。讲《涅槃经》，至阐提处，则说有佛性，且曰：'如我所说，契佛心否？'群石皆为点头，旬日学众云集。"

哭李君

自古艰难唯一死，壮怀但恋旧征衣。

委屈岂改初心志，堕泪碑前雨雪霏！

注：堕泪碑是襄阳人纪念名将羊祜宽厚待人、博施仁治，感怀流泪，于岘山修建之纪念碑，至今犹存。

庚子寄赠王齐建君

风波方一月，禅揭指迷川。

道统京房术，韵宗扬太玄。

食茶应少缺，妻息属真贤。

思接建康水，梦圆匡庐巅！

注：①写于2020年2月18日。

②京房为汉之大儒，为当世之易学大师。

③扬雄为东汉文学家、政治家、经学家，为东汉学术之集大成者。著作颇丰，《太玄经》是其作品之一。

庚子春寄昌备兄及远人

归雁帘栊飞箭急,叼来春色不胜收。
含情翠柳乍迎客,自在白云骑鹤愁。
陌上梨花还带雪,园中流燕竟啁啾。
元龙高卧中宵立,王粲伤心赋郡楼!

注:①写于2020年2月11日,天气晴和。

②元龙者,汉末将领陈登之字也。元龙高卧的典故参见《三国志》。

③王粲,字仲宣,东汉末年著名诗人,流落荆州,想念家乡,著有《登楼赋》以寄乡愁。襄阳至今犹存仲宣楼以纪念王粲。

无题

义烈孤胆客,正正万方人。
何乃乾坤大,难容板荡臣!

庚子春梦
——寄赠华农诸生韩晓、李之清、熊新惠

烟雨苍茫四十春,新来旧梦甚频频,
诗书传世韩公子,玉树临风李府珍。
绝俗寒门生卉草,清胜老凤露纯真。
何当翔集萧翁圃,桃李门墙话旧尘。

注:①本诗写于2020年4月25日傍晚,订正于27日清晨。

②四十余年前余所教诸生均已事业有成,家庭幸福。韩晓为德国医学博士,南京医科大学重点实验室主任;李之清乃湖北中

医药大学三级教授,武汉抗疫英杰;熊新惠为西安某科技公司总监,创业维艰,终成大器。

③清胜老凤,出自李商隐之诗"雏凤清于老凤声",即从小看到大,青出于蓝而胜于蓝的含意。此句意为小凤凰的鸣唱比老凤凰更动听。

④萧翁圃,意谓种花老头的花圃,指老师的寒舍。

⑤桃李门墙指门墙桃李,出自《论语·子张》。桃李,近代多释义为学生、门生或信徒等,如"桃李满天下"。电影《桃李劫》反映的就是国家危难时刻,青年学生颠沛流离的遭遇。门墙桃李简言之就是同门弟子。

赠兆久君并继安兄

昨日闻君染病支,潺潺细雨若含悲。
汨罗清操潇湘水,斑竹灵犀凤鸟姿。
深谊一坛陈年酒,鸳鸯两对雪残眉。
可怜残翼鹰飞倦,唯伴浓香寄小诗。

注:①写于2020年5月21日凌晨。霍继安、贺兆久夫妇与我们夫妻相知相交,垂六十余年,莫逆于心,情逾手足。昨闻兆久君染小病,但痛苦异常。夜不能寐,吟成是律以寄远在北京的霍、贺伉俪。

②兆久君,湖南衡阳人氏,天资聪颖,性情耿直,伉俪情深。疫情时,闻余重病,不远千里,专程来武汉探视。他们夫妇为电力事业奋斗一生,先后在国家能源局华中监管局和国家电网担任主要领导,廉洁奉公,有口皆碑。

清平乐·八十初度自寿

八十初过,岁月风霜茂。花落花开萧发叟,难得清平乐寿。　　桃李灼灼瀛洲,烟波浩荡东流。新近爱听童咏,天真无事无愁!

注:①原稿写于2020年7月20日(农历五月三十日)。时余公历七十九岁生日。按中国旧俗,所谓八十大寿也。订正于2021年5月27日。

②桃李者,余所培养之诸生也。

③童咏即余诸孙辈之咏唱,或背诵也。人生初态,无邪无愁,浑然一片天籁之音!

父亲节奉和兆德兄

山色空蒙翠,粽香添昼长。

芙蓉亭伞盖,淫雨可堪伤?

注:写于2020年6月21日凌晨,父亲节。宵夜,余不慎跌伤不能自立。堂堂男儿,自应怜花惜草,尽大丈夫之责!淫雨绵绵,惜田园花木安否。岂奈老迈残疾,自保之不暇乎?

渔家傲·贺姚立宁研究论文集出版

南湖秋月晨钟早,巴山踏遍人还少,改革东风春色闹。樱花道,珞珈桃李英姿俏。　　初战江城弹别调,探珠岭南风光好,风正气正何曾老?花枝摇,累累硕果留君照!

注:写于2020年端午节前夕。姚立宁,余五十余年前之学生。为广州某高校校长,四十余年来,在科学研究、教学和管理工

作中成绩卓异,硕果累累,集中反映在其出版的研究论文集中。因赋此词以为贺也。

鹊桥仙·次韵聂瑛女史

银河璀璨,双星闪烁,妾意郎情千古。君何浩叹鹊桥无?天仙配,泪赢无数！　　休谈大厦,何论金阙,难得金风玉露。仙凡一论便成痴,花月下,春光何驻?

注:写于2020年8月23日上午。次韵聂瑛女史之《鹊桥仙·七夕》。

哭兆久

驾云西去君何忍?厚谊深情六十春。

泪忆梧桐雨中别,几声珍重笑吟身。

注:写于2020年七夕后三日晨,惊悉兆久君仙逝。盖去年秋,继安、兆久夫妇专程探望余病,在华中科技大学校园梧桐语餐厅小聚。近一年矣。岂知此乃兆久君的最后告别。悲夫!

读聂瑛女史《小暑闻雷声感怀》

满城梅雨飑飙吼,新冠未净又送愁。

巷陌寻常走小舸,雾绡溢漫锁高楼。

闻知川水荆门涌,怪道共工触不周。

一瓣心香祈国泰,荷塘亭盖似倾头!

注:写于2020年7月6日,时暴雨连天,川洪欲下,读聂瑛女史所作七绝颇有所感。共工触不周山,而天倾东南的典故,为人所共知。

有所思
——赠振国学兄

风雨欲来忧杏林,冰霜连日叹黎庶。

盈盈方寸些须间,哪有闲情安顿处?

卜算子·感怀
——寄赠茶港诗社社长周国全教授

苍龙何有情?日暮耕云雨。古树春深更着花,听雨残荷处。　室雅莺啼语,衰病随诗绪。常伴吾身有务观。家国泪,京瓜渡!

注:写于2020年7月13日。务观者,诗翁陆游也,其字务观。

即事

秋色老兮荷不老,芙蓉出水波声俏。

却疑河汉谪仙人,误落九霄慰寂峭!

注:写于2020年9月8日夜。再赠何敏华博士。

醉花阴·秋咏
——为李柱老前辈而作

人人都赞春光媚,余独秋色醉。独立菊香浓,云淡天高,归雁群南徙。　盖圆荷阵胭脂泪,鱼弄波光碎。霜染尽林时,仙袂飘飘,吟诵山风起。

注:写于 2020 年白露前,秋意渐浓,层林尽染,删繁就简,远山空翠,天高气爽,精神为之一振,因有此词。

小楼茶道莲语
——奉和翼明先生

一生爱好是天然,暮霭霜清水拍天。
高士谈禅观兰座,小楼论道悟莲泉。
室雅难得听荷语,茶馥何期欲柳仙。
四野沉沉月色姣,江城庚子兆丰年。

注:写于 2020 年 11 月 1 日,时读唐翼明先生大作《庚子深秋与友朋聚于小楼莲花》,奉和七律一首,见笑大方。盖前日欢聚,名士雅集,刘氏兄妹、经熙、经燕、经美、小楼楼主彭靖、艺术精英黄丹东,尽欢而散。久病初愈,平生快事耳。

秋怀
——赠彭芳明

云淡风轻月映辉,时逢佳节雁南飞。
月圆花好人长久,异客他乡何日归?

注:写于 2020 年中秋。

鹊桥仙·人难老

垂垂老者,中秋诗客,阅尽九天风月。邯郸梦醒鹊桥仙,还应是,金风萧煞。　　重阳佳节,卧床初起,清露桂香红叶。菊残犹作傲霜吟,人难老,秋情激越!

注：写于 2020 年重阳节前夕。余中秋遘作,重病进医院医治十余日,目前已出院,情不自禁,再续仙游。

戏作
——赠华农诸友

一水四山襟两湖,平生事业子瞻余。
紫阳湖畔临初日,桂子山中无食鱼。
唯有南湖狮子尾,四望鹭鸟鲜鳞蔬。
喻家山月东湖水,洗耳珞珈方卜居。

注：写于 2020 年 11 月 2 日,细雨。

街妪弄

天人自许爱风流,弄首搔姿两鬓秋。
将谓偷闲方少艾,人间丑类不知羞!

注：写于 2020 年中元节前五日,敬和兆德高贤也。

虞美人·芙蓉诔

寒塘轻霭浓霜晓,堤岸无芳草。萧条数点盖蓬黄,云影漫随碧水,荷蘘殇。　　画残晚韵秋妆解,花魄今何在? 万方俱寂悄无声,疑是飞身去也,月华生。

注：写于 2020 年 11 月 20 日。

匡庐杂忆呈王公

烟雨匡庐举世绝,当年奇遇犹弥切。
五佬归客彩云随,牯岭初凉新韵歇。
海汇钟黯白鹿空,含鄱夜静惊风裂。
可怜月黑迷幽途,沟壑攀援风啸咽。

注:写于2020年12月6日,订正于12月23日。余游庐山前后九次之多,唯伴王公两次,奇遇多多。

贺诗宗昌仑履行职务

冬至阳生春欲归,野梅荒径蕊些微。
开轩横笛韵声咽,锁纽疏帘霞映辉。
浩气昆仑诗伯意,潇然禹锡去年扉。
漫将大白化春绿,且看社宗展翠翬。

注:写于2020年冬至。禹锡者,刘禹锡也。"去年扉"典出诗句"去年今日此门中"。

冬至赠王公伉俪

哥登湖畔鹤毛飞,冻岫银屏柳惠归。
料得茅居壁炉火,清歌笑脸映霞辉。

注:写于2020年冬至前夕。

嵇叔夜

广陵绝响实堪哀,向秀秋风哭俊才。

凤质龙章大夫伟,古今幽愤岂公哉?

注:写于2021年1月18日。向秀有《思旧赋》悼念嵇康,沉痛悲怆;又嵇康遭缧绁弃世前,曾有《幽愤诗》。

曹子建

凛然风骨大家才,坎坷生涯令我哀。

文采建安千嶂起,孤峰子建出尘埃!

注:写于2021年1月18日。

修文圆梦

——赠阮海洪社长及众乡贤

年尽腊梅香满园,玉兰厅内聚乡贤。

文韬武略风流地,宏甫天台古道篇。

元首双旌传奇事,将军二百标凌烟。

古来盛世修文籍,凤翥龙翔好梦圆。

注:写于华中科技大学出版社阮社长为拙作《科苑沉思录》举行的发行与赠送仪式,仪式上汇聚了红安众乡贤。诗中天台指乡贤耿定向,天台者,为其任职别号。宏甫者,指明晚期杰出思想家李贽,其人长期流寓黄安(今红安)讲学。新中国时期红安出现两位主席,董必武和李先念,二百余位将军,古今罕见。"凌烟"借用唐初建之凌烟阁纪念唐朝二十四位开国元勋的故事。

沁园春·玉梅引

疏影塘清浅,月下白梅开。瘦枝横出,漫天飞雪旧俦来。月送娇羞颜色,雪抹皓然姿态,馥郁沁人哉!江山一望白,雪满玉梅腮。　　青娥伴,寂寒长,难自哀。不堪兰芷,着意造化凤池栽。雅性不须争艳,拙命无非春使,香雪写襟怀。卿媚似刀剪,春色始忙裁!

注:定稿于2021年1月31日。多承经美、林林及聂瑛女史指教,并致谢忱。

周公祭

忠贞佐世庙堂才,云水襟怀莫浪猜。
百里长街啼别后,海棠西阁为谁开?

注:写于2021年1月8日,周恩来总理逝世四十五周年祭。应和汪公也。

沁园春·望牛年新春

腊尽晴和,小年过了,乍开冻云。正艳梅怒放,香飘野陌,金丝垂柳,浅草毡茵。剪影归燕,高飞忒急,春色又衔添几分。风片软、者番花信也,分外撩人。　　早樱已然含萼,啭难停,满园娇莺嗔。更迎春花笑,枝杈黄灿,海棠酣睡,逶醒盈伸。湖翠波粼,鸳鸯浴水,湖光和煦明媚新。辞旧岁,此年料定是,锦绣三春。

注:于2021年2月上旬定稿。

鹧鸪天·危楼听春雨

乍暖还寒酥雨纷,桃符万户一时新。软风吹面存凉意,嫩柳长条初迎人。　　湖色碧,鸟声频。远山如黛了无尘。危楼斜倚听春雨,万紫千红若隐陈!

注:写于2021年2月6日,喜接小女海外蛋糕贺新年,适逢小儿四十二岁生日,故有是作。

陶潜

田圃诗宗五柳仙,清灵飘逸法天然。
东篱但道桑麻长,高卧南山不计年。

注:写于2021年2月20日,应和汪公也。

梅意

晴光旖旎玉梅愁,香满寒园疏影眸。
造化无情风波虐,西方残照鬼雄忧。
了犹未了何时了,休且不休无可休。
芳意东风直须起,五洲遍拂福生畴。

注:写于2021年1月3日晚。

梅啐

绯衣亭袅早迎春,片片玉兰云簇新。
窈窕娇梅香啐语,风姿稍逊四佳人。

注：写于 2021 年 2 月 23 日晚。日间，内人携三密友游华中科技大学校园东九楼旁玉兰林，遂吟此绝句赠之。

虞美人·无题

危楼百仞探春早，柳影鹅黄草。大江东去浪滔滔，紫气西来浑似瑞牛毛。　　今宵月色明如炬，星汉云间露。电光霞彩满江城，火树银花春韵笑声盈。

注：写于 2021 年 2 月 23 日，元宵近也。携家人于江畔高楼兰台大厦观景，写成此调，应和兆德兄。

即事
——应和赵维义、汪定雄两教授

岁序金牛国运隆，象驴尘战有哀鸿。
西风残照多优孟，浩荡春潮齐向东。

注：写于 2021 年 3 月 2 日。

喜迁莺·草庐品茶吟
——奉和雪华女史

人难老，雁鸿回。旧客探春时。清波不改影徘徊，香茗一杯杯。　　鬓斑残，心痴绝。名利莫污白雪。岂无豪气似当时，春韵尽成诗。

注：写于 2021 年 3 月 3 日夜。日间携内子，与佳文教授伉俪、刘建华教授伉俪和徐必艳闺蜜游春于森林公园草庐，品茶、谈天。面临阔别两余年的落雁岛的湖光山色，悲喜交集，吟成此词，应和朱雪华女史，兼赠兆德公、齐建公、汪公等诗友。

蝶恋花·新春祭

浓雾愁云烟柳绕。冷雨悲风,雁断莺啼恼。莫道娇樱颜色好,花开几日枝头少。　　飞絮游丝情不了。杏小桃红,泪浥鲛绡俏。生死落英无祭扫,人间长恨春归早。

注:写于2021年3月16日,愁云凄雨,周军教授出殡也。

蔡文姬(蔡琰)

胡缘自浅汉恩知,十八悲笳千古辞。
有女中郎何所憾,归鸿丞相泽恩时。

注:写于2021年3月17日,应和汤教授才女之诗也。诗内中郎指蔡邕,蔡琰之父,汉末大儒,曾任中郎将。丞相即曹操。文姬(蔡琰)归汉,曹公之盛德。

陆龟蒙

笔床书灶天随子,齐鲁遗风愤世诗。
欲效先生柳仙韵,文章难免伏生痴。

注:写于2021年3月6日,应和汪公也。

天香子·野趣长
——寄赠余常海、胡建营伉俪

片片金黄油菜香。野茫茫,天苍苍。檀郎佳丽,琴瑟羡鸳鸯。难得箫笙幽韵伴,菜花舞,野趣长。

注:写于2021年3月6日,观余常海、胡建营伉俪制作精美视频《油菜花》有感。

项羽虞歌

末路英雄慷慨歌,强秦剿灭义勋多。
江东卷土事渺茫,难得痴心泉下娥。

痛悼周军教授

苍昊多情泪如泉,乱云飞渡雨丝涟。
当时谈吐空山响,已叹珠玑玉辂旋。
玉树临风浴春韵,轻舟学海破冰坚。
今宵白发悲乌鬓,天嫉英才不永年。

注:写于2021年3月15日。周军刚来我校不久,初次见面,听其学术报告,出口成章,极为赞许。前几年其导师王中林院士(国际顶级纳米科技专家,中美两国科学院院士,遍获国际科技大奖,数次被提名诺贝尔奖候选人)以个人名义邀请我参加在北京召开的国际纳米科技学术会议,因行动不便,未能出席。周军知悉此事,当时他不知道王院士的邀请,否则定当亲自护送我去北京。2021年3月,他专门打电话给我,说最近出差会议太多,等稍微闲空,便到我的府上拜访畅谈。岂料突传噩耗,如晴天霹雳。

仲春晓樱

菲菲昨夜雨飘洒,片片红樱浴早霞。
泪湿胭脂蜂恋意,人怜绛艳蝶迷花。
风流最是樱花约,雅韵年年春色赊。
花不醉人人自醉,胸怀松鹤胜琼葩。

瑜珈禅意
——次韵汪昌仑兄《竹亭晚韵》

满目葱茏岫隐诗,瑜珈禅意个中知。
碧霄徜恍云无脚,镜水往回舟应时。
耄耋幸叨园老尾,杖藜常拜娇孙师。
晚风轻吟竹林醉,何必杜康人已痴。

注:写于2021年清明前夕。诗中瑜珈者,喻家之谐音。在喻园常聚首之七个老人,均为年高德劭之老教授。余行年八十为其中最年轻者。而余之娇孙常为余普通话之师也。

清明雅聚
——赠唐公、冯公、经美女史、丹东女史

白家公馆百年庐,美酒珍馐春雨徐。
曼啸身无长铗在,低吟愧对釜中鱼。
谈经世事沧桑感,论道人心救世欤。
承继千秋文脉事,振兴敢说挚情除。

注:2021年清明前夕,余夫妻二人与武汉大学冯天瑜教授、华中师范大学唐翼明教授、武汉理工大学教授刘经美女史、红领巾学校党委书记丹东女史、团委书记小郭等人咸集白公馆小聚。唐公作东,盛情款待。冯公提供稀世美酒。尽欢而散,夜已沉沉矣!

天净沙·春赞
——寄赠冯天瑜教授

两代鸿学人家,百年乡谊开花。喜雨春风遍赊。胸怀天下,异珍奇宝中华。

注：订正于2021年春分前夕。冯氏两代名儒，永轩公与天瑜兄也。永轩公乃梁任公之高足，国学大家。其哲嗣天瑜兄为当代中国文化史研究之翘楚，享誉海内外。先父与永轩公交谊甚厚，是谓百年乡谊。近日，天瑜兄毅然将家藏之文物（典籍古董）捐赠武汉博物馆。慷慨义举，世所钦仰。吟成小令以抒景仰情怀。

樱嘲
小园芳甸百花烂，怒放娇樱何璀璨。
莫道春风欲去时，春风得意余留半。

注：写于2021年，时近清明，春意盎然。

清明后
——赠汪公
乍雨乍晴净洗尘，老聃玉屑作花盆。
清风拂落桃花雨，和泪盆储落艳魂。

辛丑惜春行
自古多情伤离别，芳春欲去雨嘶咽。
满城飞絮飘愁丝，一水落英逐梨屑。
小院杏桃红瘦时，陌头风雨杜鹃血。
南山岫色添忧痕，春雨离愁无尽绝。

注：写于2021年4月23日。

无题

一万年多朝夕抛,大秦高赋挽狂潮。

诸公莫道《过秦论》,帝业铁胎何早夭?

注:写于 2020 年圣诞节,定稿于 2021 年 5 月 13 日。诗中《过秦论》乃毛主席盛赞的汉代政论家贾谊的名篇。

踏莎行·辛丑暮春怀远人

凭地销魂,栏杆倚遍。天涯望断那能见。清风不解老人愁,莺啼时送香偎面。　　涛涌重洋,关山无限。行云不禁春深返。约期布谷叫时归,芳踪娇影何时现?

月季
——呈老朱先生

小园月季开如火,万绿叶中几簇红。

春韵闲吟牡丹曲,从容霜剑烈阳中。

琴瑟
——赠赖建军教授、孙颖女史伉俪

春华秋实璧人双,琴瑟和鸣廿载长。

雏凤凌空方展翅,花开并蒂浴朝阳。

注:写于 2021 年 5 月初,时余诗集初成。

江城子·八十足岁戏作自寿两首

其一

举案齐眉百年长,媳儿良,孙满堂。澄澄枇杷,寿席满庭芳。海外传来甥问候,女儿好,蛋糕香!

其二

百年风雨莽苍苍,鬓霜长,自平常。翠兰娇莲,狮子送心香。天外珠峰春女媚,建国好,丽华芳。

注:2021年7月9日(农历五月三十日)余满八十岁。是日,华中农业大学附属中学七六四班学生巩建国、张荔华、王翠春、熊翠兰和杨代莲从狮子山赶来探望老师。尤其难得的是,王翠春自西藏赶回,不顾劳累。师生聚餐,以示祝寿意。

儿子与媳妇翌日又在外设宴以祝贺。难得儿子同窗送来植物园黄澄澄的枇杷。大家极为欢喜。海外女婿朱涛,女儿敏、琳,以及四个外甥均致贺。张敏更是送蛋糕祝寿。此乐何极!戏作二首词稍表欣慰之意!

浣溪沙·癸卯春暮

翠竹风敲凤笛吹。清明过了子规啼。流年换得柳烟迷。　　已是黄昏更细雨,况兼红落伴绵丝。芙蓉出水送春归。

癸卯暮春寄沙月
——读沙月女史《柏泉春采菜花》

麦苗青翠菜花黄,四月东君何事忙?
吩咐红鹃送桃李,妆奁魏紫作魁皇。
细求盛德推弘历,独赞芳卿赋华章。
佳丽仁心歌稼穑,柏泉雅韵胜高唐。

癸卯金婚赠内

也无风雨也无尘,阵阵梅香暗袭人。
菲酌愧惶花烛夜,金婚好合白头真。
艰难总赖夜缝补,瀚海终须眉锁颦。
儿女仁贤夕阳媚,余霞散绮尽含春。

桑榆树下再迎春
——步韵《癸卯金婚赠内》并致贺汪昌仑

黎明洒扫净烟尘,芳草萋萋爱煞人。
庆幸儿孙多自福,应酬故旧总纯贞。
金婚晚宴从风俗,事业成功不效颦。
戏水鸳鸯无限乐,桑榆树下再迎春。

壬寅岁末

不须春讯叹,但觉月光寒。
人困城皋锁,羊归河海宽。
亲朋无乐事,嘘问怕询盘。
何日灯花结,新冠莫浪弹!

癸卯春分即景
——步韵余明凯教授

海棠春睡欲醒时,杜宇清明新竹诗。
夜雨空阶红豆泪,晓山薄雾翠涛词。
青青麦秀香笼碧,片片菜花金耀曦。
人醉春分花渐乱,余春惜取恣欢怡。

渔家傲·壬寅怀远人

岁入腊八金虎了。野梅闲数几枝笑。柔蔓迎春花影俏。投怀抱。玉兔招手银光照。　　莫道浮生无再少。鬓霜梦随天涯绕。晴翠远芳儿孙闹。暗思杳。窗纱寒透棉袍小。

癸卯岁首忆旧

暴雨刚停风正歇,雏莺躲得百花折。
霜天晓角号声催,展翅凌空尘土绝。
科学春潮汹涌时,书生壮志焰涛烈。
流年未负老夫心,报国拳拳好时节。

行香子·辛丑春情
——赠武汉大学朱雪华女史

豪气烟消,儿女情长。喻家山、雾漫笼冈。璧人何在?倚杖凭望。怕雨中失、苔中滑、谷中狼。　　百年事近,低翔双燕,细水流光景寻常。挑灯补服,红袖添香。但窗前月、樽前事、屋前霜。

行香子·珞珈山吟

山枕东湖,舸行银屏。绛仙草、袅袅婷婷。芳兰吐气,妙韵天成。甚探春早、迎春醉、惜春情。　　珞珈仙苑,黉宫翰院,合莫忘,肇始艰程。千红万紫,凤唱鸾鸣。但春而唱、夏而舞、继而腾。

行香子·夏韵乍展

春去蓬莱,翠漫青山。薰风暖,塘荷鲜妍。鱼翔喧浪,角露尖端。看云中燕、湖中舸、水中天。　　一帘清梦,莺喧寒薄,雁叨来,漱玉词笺。乍生夏韵,絮缀丝连。有山中客、月中影、曲中仙。

杜鹃牡丹三首

红杜鹃

春风欲别晚霞红,万朵千枝酒晕中。
杜宇催归似啼血,桃风杏雨送惊鸿。

粉牡丹

娥眉淡扫着脂匀,秉性悠然度劫尘。
娇怯依稀红杏俏,可人最是月如银。

白牡丹

胜雪绡衣万万千,清风拂过舞蹁跹。
白云朵朵飘无数,素裹银装天地连。

注:押先韵。

甲辰端午东湖行吟阁

青娥仙掌插青螺,绿影楼台荷盖波。
北去怀王魂不返,行吟屈子泪滂沱。
山榴惊鸟汨罗恨,雪浪溅花龙舫歌。
一曲离骚传万古,千重云汉耀星河!

甲辰端午节自寿

翠岗深处杜鹃鸣,八十三年风雨程。
秉性端阳天问影,御风荆楚大夫情。
禅机惯诵《爱莲说》,思旧常怀向秀诚。
鹤梦松涛新月隐,书生当负鹭鸥盟。

踏莎行·甲辰小满幽意

尘世几曾大满,月亏自会丰盈。青岚横翠远蝉鸣。粉栀迷蝶影,烟柳慕娉婷。

春老已归何处?清光潋滟荷生。无愁青角立蜻蜓。残阳风送梦,小满月含情。

甲辰仲夏偕爱女张琳游新洲问津书院有感

夫子西行止雍京,问津举水古邾城。
流光恋圣留书院,大浪淘沙沥胆精。
顶礼总缘鹏路意,馨香常系国家情。
天伦赢得桑麻乐,暮霭残阳闻玉笙。

  注:此行由郭斌贤侄鼎力相助,畅游新洲问津书院以及古镇仓埠之名胜古迹和农家乐。同行者,夫人彭芳明、次女张琳、女婿朱涛、外孙富贵和妞妞。

五、节令吟啸

癸卯春分后二日寄内

昨日荆妻遇良医,温心软语妙通慧。
不须放疗应宽怀,更借勤查好护卫。
玉兔清明细雨轻,海棠春睡添芳丽。
劝卿珍重千金身,肚量撑船总老计。

赠小雪

颇觉年来乾宇小,独怜树下婷婷草。
阳光难进露依稀,舒展自如凌霜早。

注:本诗作于2018年小雪。刘小雪为华中科技大学教育科学研究院研究生,曾代表该学院对我进行访谈,近来其对我撰写诗作有所帮助。2018年12月15日,该诗在瑜珈诗苑仲冬诗会上朗诵并载于该诗会之诗集的第102页。

秋兴两首

其一

几行归雁衔愁去,漠漠嫩寒风雨来。
最是人间好时节,桂香郁郁月徘徊。

其二

几行归雁衔愁去,丹桂黄花次第开。
清露洗尘无尽树,删繁就简现楼台。

注:黄花指菊花。《礼记·月令》:"(季秋之月)鞠有黄华。"陆德明释文:"鞠,本又作菊。"

冬兴

朝来寒雨晚来钟,金菊悠然醉晓枫。
无尽山河英杰曲,有情岁月瑰玮梦。
曲偎蜀水玲珑月,梦绕巫山窈窕峰。
白发依稀三百丈,痴心独爱小青葱。

注:①作于2018年小雪。

②余幼时在重庆长大,后多次往返于巴山蜀水之间。

③"峰"按古语应为"冬韵",本诗为"东韵",此处韵脚放宽,依《中华新韵》。

④2018年11月13—15日教育部直属高校关工委第二协作组在我校华中科技大学开会,与会有北京大学、天津大学、吉林大学、西南大学、中国政法大学、北京外国语大学、华北电力大学、中国石油大学、河海大学、上海财经大学、厦门大学和华中科技大学等15所高校。在大会的交流材料中,有我写的"老骥伏枥,志在关心下一代"和我校关工委"'名师学子面对面'品牌活动实践探索"等内容,介绍了2018年5月3日晚我在全校展示的主题报告"创新是引领发展的第一动力"的有关情况。

⑤小青葱指青年,也就是下一代。

上元节诗论

浪学诗词双十载,围城一日见机锋。
情迷深处开诗眼,意至通途启韵宗。
苦恨艰难杜诗圣,风霜顿挫稼轩农。
江山不幸诗家幸,诗到沧桑欲化龙!

注:①杜诗圣,杜甫也;轩稼农,辛弃疾也。

②江山不幸诗家幸,参考清代著名文学家、史学家赵翼的名言:"国家不幸诗家幸。"

春祭
——寄赠许洁如先生
昨夜文星落，衷肠似刀削。
余知难了心，不负莱茵约！

注：①作于 2020 年 2 月 11 日。

②2022 年 2 月 10 日惊悉余武汉市第一中学同窗好友熊敏学先生噩耗，赋此五绝悼念在疫情期间凋零的新知旧侣。

③敏学兄、许洁如先生及其夫人，乃杰出音乐大家，为华中师范大学艺术专业贡献良多。

④敏学兄创作之交响乐近来在全国巡演多次。中德双方协议在莱茵河畔举办敏学兄之专场交响乐音乐会。余抱病经年，曾言决不负莱茵之约，带着氧气瓶去也行。

春誓
——寄赠郭斌书记以壮行色
荆楚雄风在，追歼尔疫虫。
霸王军背水，决胜楚城中！

注：①作于 2020 年 2 月 11 日。

②郭斌乃武汉市龙泉街道党委书记兼街道办事处主任，是余之挚友郭培道之长子，其在此次江城抗疫斗争中身先士卒，科学决策，表现卓异。其街道抗疫事迹多获表彰，《人民日报》曾专稿详细报道。

③项羽率领楚军背水一战，以少胜多，大破秦军主力，威震天下，奠定灭秦大业。

庚子春半

困守危楼寒食近,东风一半送烟尘。

芳菲片片何人惜?万紫千红不是春!

注:写于 2020 年 3 月 14 日。古词有云,清明时节百花乱,"已失春风一半"。又云:"万紫千红总是春。"

庚子春分

——赠周国全教授、胡一帆教授

谁将彩霓虹,撒向校园中。

枝蔓绯云挂,色迷浓淡融。

春分佳节日,韶舞好东风。

何必惜春叹?当惊造化工!

注:作于 2020 年春分。天气晴和,鸟语熙风,观武汉大学周国全教授、我校胡一帆教授发来的武汉大学和华中科技大学校园樱花照片,欣然命笔。虽尚不能亲自尝其风韵,兴奋之情有何区别?

庚子春雨

疾雷闪电滂沱雨,曙色晴光连晓雾。

缤乱落樱溪水喧,菜花四野黄金路。

青松经雨南山幽,芍药浴风东苑露。

三月疫灾人未垂,春风有力好持护。

注:写于 2020 年 3 月 28 日清晨。昨夜风雨大作,今晨雨霁天晴。唐代李商隐有诗:"东风无力百花残。"而本诗反其意而用,

盖指一切为防疫胜利有贡献之人,尤其是医务工作者,也包括悉心照顾我的家人们——吾之妻子和儿子、儿媳。

端午禅意

满天风雨满天愁,山色迷蒙禅意稠。
湖空粼粼舟不系,岸平处处浪轻柔。
闲人远近兰房在,芙柳低昂莲座幽。
郁郁粽香端午临,千帆过尽雁鸩浮!

注:写于 2020 年 6 月 21 日。承兆德兄指点迷津,因有是律!

渔家傲·庚子端午节读史

谁言青史如儿戏?坑灰未冷秦权坠,云遏楚谣燎野起。苛政脆,陈胜张楚刘邦帜。　　唱罢沉沙家国泪,屈原浩气参天地,楚甸三家亡秦际。民心系,大风一曲山河醉!

注:写于 2020 年端午节,典故颇多,兹不赘述。

鹊桥仙·庚子七夕有感

月舒清影,银河灿烂,装点鹊桥仙路。痴男怨女妒双星,年年有,春风一渡。　　大千世界,红尘肠断,情字安顿无处。鹊桥多少泪轻弹,最难得,痴心如故。

无题

老去无情何乃谬?冰河铁马梦添愁。
田横万里气吞虎,宗泽千秋势如虬。
莽莽昆仑云自卷,群群豺狗吠安休?
老夫梦断涔涔泪,家国情怀两鬓秋!

注:写于 2020 年 8 月 16 日,订正于次日凌晨。

立秋三首

其一

天道立秋无意秋,烈风炎焰未由休。
沁人冰饮诗家意,错把东篱作此楼!

其二

病体支离忆旧俦,杯觥交错醉仙楼。
当年豪气今犹在,谢傅东山老却否?

其三

邯郸学步七旬九,指点迷津赖仙友。
瀚海拾遗翠浪飞,献芹何日佐樽酒。

注:①写于 2020 年 8 月 16 日上午,回赠汪公,兼寄诗友王公、刘公。时余久病卧床稍瘳耳。诗之所成,承蒙汪公定雄指导。
②诗中常见典故,东篱、东山谢傅、邯郸学步等均不注释。

秋愿

时序中秋云望遮,痴心怕见团团月。
清光一样添澄明,苦恨金瓯山海阙!

注：①写于2020年9月26日，时近中秋。

②诗中阙字用法，系沿袭岳飞《满江红·怒发冲冠》中"踏破贺兰山阙"之义，引申为"破"之意。此处"绕弯"用字，实乃平仄协调之故！

卜算子·庚子教师节

拳拳家国情，大道传相递。化雨春风育桃李，润物声何细！　　春蚕到死时，吐尽丝方已。沥血丹心不言愁，泪尽红蜡矣！

注：作于2020年9月7日，再赠李小刚伉俪。

庚子小雪

小雪时分天欲雪，寒烟冷雨人愁绝。

昨天池榭觅芳魂，缕缕何曾有安歇？

注：写于2020年11月22日。

枯蓬

轻烟翠袖到寒塘，四望空空唯碧茫。

寂寞枯蓬三两点，漫随云影水天翔。

芙蓉泪尽卸华盖，秋韵画残怜晚妆。

佳丽花魂两相惜，飞霜冷月慎天凉。

注：写于2020年11月19日晨。

鹧鸪天·冬至咏梅

艳阳高照满庭霜,一年至冷日初长。蹊闲摇曳梅英小,山静轻浮疏影香。　　耽冰雪,醉红妆,乾坤素裹展霓裳。娉婷耐得孤寒影,且伴春归迎海棠。

注:写于2020年冬至,订正成稿于后两日。

小寒即事

霞飞玉暖咏花开,梨华荷风款款来。

时节小寒寒彻骨,春光蓬荜几时栽?

注:写于2020年小寒,杨凤霞、郑克玉、何敏华和李睿四名博士来访,满室春光也!

长相思·庚子年尾雪

梦儿悠,雪花悠。好梦悠悠如雪柔,缕缕堆枕愁。夜深沉,雪声闻。瑞雪飘飘无梦痕,香生梅骨魂。

注:初稿作于2020年12月29日,订正于2021年5月23日。

雪盼

天寒地冻朔风扬,庚子年残卸晚妆。

飞雪迎春故缓迟,艰难岁月一年长。

注:写于2021年1月7日。

一剪梅·腊梅

小院霜梅别样娇,星星点点,香满枝梢。夕阳映照玉英肥,何事多情,歌咏风摇。　　腊月隆冬花事消,独放寒梅,乐也陶陶。伊人笑语慰萧翁,且看春樱,竟发花苞!

注:写于2021年1月19日。

除夕怀远
——寄赠王公伉俪及海外儿孙

紫气神牛渡汉津,桃符万户喜迎春。
鹅黄嫩绿燕飞疾,丽日软风怀远人。

辛丑头场春雨

知时夜雨淅零零,润物无声春韵生。
晓苑莺歌梅影绰,早樱怒放软风轻。

注:写于2021年2月25日,一夜春雨。

辛丑元宵节
——奉和李殿仁原韵

春意欣然九州同,星槎银汉乘长风。
昆仑砥柱真如铁,雪域刁顽类转蓬。
火树银花耀邦国,龙行虎步振苍穹。
莺飞草长写春韵,月色撩人迎雁鸿。

喜迁莺·惊蛰风雨送梅
——答武汉大学刘觉平教授

风片悄,轻如梦。梦断柳烟蒙。谁将梦片片斜缝?天际梦魂同。　　雨丝飘,愁丝瘦。含泪梨花方茂。雨丝风片谢梅愁。梦香淡愁幽。

注:写于2021年3月5日晚。

风雨清明赏杜鹃

芳春欲去赏花鹃,淡扫胭脂实可怜。
风拂碧绡清泪泹,凄风冷雨送缠绵!

辛丑清明杜鹃行

望帝春深托杜鹃,九潢贵胄万般玄。
娇花郊野玲珑影,杜宇雕墙泣血缘。
昨晚蚕丛鱼传素,今宵峡雨泹花妍。
何须惆怅卿归去,仙阙三星锦簇烟!

注:据文献记载,传说杜鹃花为古蜀王望帝托生,而杜鹃鸟则为古蜀王杜宇转世。杜鹃鸟啼血,不如归去,更是凄美神话。如今蜀中三星堆考古硕果累累,捷报频传,例如考古界发现许多古蜀王时期重大信息,举国欢呼。

浪淘沙·寒食樱花劫
——赠林林女史

寒食雨收停。云断凄清。满园纷乱散琼英。当日娇樱蜂蝶恋，一晌柔情。　　何处觅芳馨。尘土鳞萍。潇湘妃子自多情。料得秋霜冬雪了，又见芳卿。

蝶恋花·辛丑清明夜赠继安兄

哽咽酸悲悲几许？花好梧桐。笑靥方相聚。岁月不堪人共渡，风华孤燕分飞去。　　犹忆鸳鸯穷巷语。鸾凤双飞，展尽黄金羽。六十年来同旧雨。青衫湿遍倾城絮。

注：余夫妻二人与挚友霍继安夜话。继安兄悲诉兆久君去岁病危不治之情，悲咽不止。瑞泰伉俪、大同伉俪皆六十岁旧侣，莫不春衫湿矣。盖去岁疫情前夕，继安、兆久夫妇曾访故校。我们在梧桐语酒家尽欢而散，宛如昨天。悲夫，无怪满城飞絮均含悲声也。赋此词赠继安兄。

辛丑谷雨即景四首

其一

时来谷雨春迟暮，桃李渐稀杏花落。
蝶恋蜂飞碧水东，牡丹花放惊江鄂。

其二

桃李香消落絮纷，山长水阔寄花魂。
天涯何处无芳塚，枉却葬花添泪痕。

其三

江城无处锁风烟,花落梧桐柳吹绵。
春韵欲终留靓艳,姚黄魏紫斗芳妍。

注:姚黄与魏紫皆唐朝名贵牡丹花品种。

其四

年年春尽人难老,人到老时春色好。
芒种田畴柳蘸烟,金牛白首雪霜皓。

辛丑春分

春分时节雨纷纷,桃李芬芳合断魂。
春色满园犹余半,杖藜何暇咏黄昏?

辛丑春暮访繁一阁

龟麓情缘繁一阁,汉阳制造桃花陌。
百年功业南皮公,一水烟波花半落。
佳丽雅怀莲韵流,鸿儒慧业鸿图略。
兰因絮果如繁星,朗月归来光闪烁。

注:余应刘经美教授、丹东书记之邀,造访龟山脚下汉阳铁厂原址(现为"汉阳造"艺术区旅游景点)中的繁一阁,晚上就餐于归元禅寺。该地近邻古琴台,古香古色,斑斑驳驳。追忆百年前张之洞创办汉阳铁厂之伟绩,俯听繁一阁阁主赵曼卉小姐、学生王海燕小姐创业之维艰。满室奇珍异宝,目不暇接。听贤高论,口吐莲花,兰因絮果,禅意浓郁。丹东书记殷勤干练,余景仰不已。同行者尚有余内人彭老师。

辛丑立夏敬和姚立宁教授

桑田沧海百年间，霜剑风刀若等闲。

家国情怀天下事，门墙桃李尽酡颜。

注：姚立宁教授乃余近六十年前之学生。温良正直，忠诚于党的教育事业，五十余年在粤、鄂两省高校任职，在学校管理和教学科研中，成绩卓著，硕果累累；而今已两鬓斑白，老病在身。今姚教授派其高徒千里送花，并写诗致意，暖流全身。

壬寅盛暑所见

满天黑气满天愁，蜗角争锋势未休。

滚滚热波天示警，滔滔洪水地荒流。

肝胆澄沏残灯泪，鬼魅画皮孤月仇。

指鹿司空偏爱马，杀人如草称良谋！

壬寅重阳白头吟三章

梦醒吟

他生未卜此生休，始信人间许白头。

杖锡难行天际路，梦醒时节几多愁？

望月叹

破浪乘风号角烈，艨艟哪怕涛千迭。

梦醒望月疏云轻，长叹金瓯尚有缺。

桂花清秋迟放

为问蟾宫散漫客,花开痛失清秋节?
今宵重九月轮亏,三径浓香怜耄耋。

蝶恋花·癸卯清明祭冯天瑜兄

肠断清明烟和雨。风送愁肠,雄杰寻无绪。半失东风春欲去。杜鹃啼血湖东路。　　忍对故园思故侣。绿遍郊原,姹紫嫣红吐。料得年年肠断处。珞珈山麓松篁雾。

寒食赠冯天瑜兄

世谊百年桑梓情,干云浩气乃冯闳。
轻风夜静爱听雨,旧侣新知文细衡。
谁道僻乡无翰苑,而今虎帐有黄琼。
巍巍大别乾坤意,倒水潺潺有伏生。

注:①写于2021年寒食前。

②冯闳乃宽容、洪大之意,语出《庄子·知北游》:"彷徨乎冯闳……"

③黄琼,东汉正直名臣,大儒,江夏人。昔人诗云:"洛阳推贾谊,江夏重黄琼。"其故事可见《后汉书·黄琼传》。

④倒水河则为红安县城关镇旁的小河,冯公故乡冯家畈之侧耳。红安县不但虎将辈出,近代之文化大家如冯天瑜、张培刚、叶君健等亦不绝于途。

⑤伏生者,秦汉之际大儒,秦末博士,汉兴时其将所藏经典献出。古文《尚书》之由起,详见《史记·儒林列传》。

壬寅岁杪寄冯天瑜公

天何遽夺大家才,违约忍心君不该。
槛外龙泉香茗嫩,新春楚殿百花开。
高山流水自难赏,板荡疾风谁识来。
元典精神料应在,乾坤正气莫崩颓。

癸卯清明雨霁放晴忆杨叔子校长
——寄赠徐辉碧教授和李晓平教授

瑜珈山下雨初晴,难得清明景和明。
国士无双杨叔子,诗教首义禹谟旌。
魁星陨落天何忍,文士输诚巨笔擎。
尽瘁鞠躬春色在,士林沐泽汗青名。

壬寅秋夕哭杨叔子校长

秋风凄冷雁南归,驾鹤哲人霜夕萎。
铁血共和大家范,诗教高唱九州垂。
科峰绝顶凤池阁,大道初心红烛词。
细雨春风几度沐,前途解惑更求谁?

注:惊悉杨叔子校长于 2022 年 11 月 4 日晚不幸病故。曾几何时我们一起在协和医院住院,看到校长在沉疴之际,每日由徐辉碧教授为其朗诵唐诗宋词的感人场面。

杨校长大家风范,其父曾任孙中山大元帅府参议,有电视连续剧《铁血共和》描写之。斯人也,不仅学术精湛,系华中科技大学第一位科学院院士,而且博文通史,乃诗词巨匠。在全国高举人文素质教育大旗之际,身体力行,诗教进学校,长期担任教育部高等学校文化素质教育指导委员会主任,我校华中科技大学瑜珈诗社创始人。

杨校长对我的教育甚多，足为模范。他亲自指导我校物理学院学科建设及博士点申报工作，与北京理工大学校长王越院士共同督促，以两校合作方式申报凝聚态物理博士点。此事虽因有关政策改变而未果，但为之后我校物理学院成功申报材料物理与化学博士点打下坚实基础。

杨校长曾登门拜访，请我在他领导的课题组，以"老子《道德经》与现代物理学"为题进行演讲，为时一周。我俩共同培养过一名教育学博士。他将我引荐进瑜珈诗社，耳提面命，我总算初步学会诗词格律，能写一点古典诗词。

呜呼，斯人已去，哲人其萎。痛何如哉。赋此律以悼念之。

癸卯清明前夕雨霁喻园晚樱盛开

烂若彩虹轻若愁，流莺满目赛歌喉。
珞珈晓雾探芳早，喻苑晚樱绯雪浮。
秋月春花何日了，朝云夕霭寄沙鸥。
樱花急缓一时艳，快意人间数白头。

望海潮·癸卯元宵心语

鬓衰如雪，流年似水，红梅含笑琼葩。佳节上元，清光玉兔，柔条岸柳抽芽。翠浪拥凫槎。乍暖还寒峭，燕语窗纱。几朵轻云，蓝天掩映抹飞霞。　　金婚志喜休夸。见朱颜镜里，沟皱横斜。文海弄舟，书山探秘，杏园十里桃花。团聚壁天涯。杖藜君莫笑，积庆人家。散绮残霞晚照，无处不春华。

癸卯早春即景

二月春风似剪刀,江山裁理万般娇。
莺歌岸柳金帘嫩,燕舞梅林锦浪摇。
蝶恋庄生花有梦,竹吟陶令韵如箫。
闲云无事静沉影,烟隐青岚碧玉雕。

千秋岁·癸卯妇女节怀母

雁行远影。望断天涯迥。萱堂去,春烟冷。寻常多少事,时过心头省。春晖暖,三春慈泽无穷尽。　　不用昏花镜。缝补清宵静。双鬓白,浑身病。眼枯临别泪,声涩含悲哽。千万恨,不曾日日分茶茗。

惜分飞·春归夏韵

拍遍阑干伤春去,杜宇花开无数。更有繁荫语,几声布谷,知何处。　　芳草处处天涯路,精彩由来情绪。莹莹芙蓉露,断魂夏韵,君且顾。

鹧鸪天·壬寅大雪无雪

六出琼花未见踪。庭阶寂寞醉丹枫。梧桐凋尽影横瘦,凤鸟难栖枝上风。　　大雪节,雾溟蒙。独怜梅绽数星红。瑶池青女镌裁懒,绝世芳华难为容。

辛丑端午屈子吟

浊世最难君独醒,深悲橘颂绝红尘。
九歌当哭湘妃泪,一曲离骚社稷臣。
泽畔行吟哀郢恨,怀沙殉国悯黎民。
书生谁道空高论?三户楚蛮旋灭秦。

壬寅惊蛰

料峭春寒乍暖晴,青青浅草乱云横。
苍山烟笼归鸿静,碧水镜涵折柳情。
万物昭苏清籁寂,甘霖欲寄炸雷惊。
龙潜蛰伏腾飞日,扫尽阴霾天地清。

早梅芳·癸卯冬至早梅

疏枝斜,寒重晓。冬至香浮早。含芳蓄韵,骨瘦凝霜卧岚道。天寒香蕊嫩,地冻丹枫老。抹浓非本意,淡冶古风调。　　友无多,性冷傲。醉眼凌霄眺。何时怒放?杂沓琼花将身绕。红颜银夜月,皑白寻芳藻。更多情,独怜原槁草。

千秋岁·癸卯阳历除夕偶吟寄友

抱残守缺。近日添寒热。一元始,钩弦月。荆妻衣带乱,痴子探痾切。除夕夜,蹒跚步履看蟾阙。　　病也何曾绝。愈也差池说。千秋岁,元正节。新年无所愿,故里俱安帖。头皓矣,断肠最怕怀人别。

癸卯小寒翌日梦里探早梅
——奉答沙月女史

苦觅诗人江左梅,暗香疏影隐岗隈。
琼华碧落浑无见,冷艳溪头乍尔来。
南望山前居士阁,紫嵩园里谪仙台。
天寒翠袖倚修竹,一曲清词六出开。

浣溪沙·癸卯岁暮探喻园
——奉和沙月女史《朱廊穿栈半日闲》

三九时光暖日闲。腊梅几朵醉梢妍。夕阳松梦探喻园。　　霜发笑颜几老叟,风流酡韵尽新欢。鹤情浓,陶柳靓,庆余年。

癸卯大寒荆楚大雪

大寒时节故人来,一夜琼花三楚开。
整顿山河清疫染,妆奁世界洗烽埃。
龙曲九畹银花绽,兔藉蟾宫玉树隈。
自古丰年飞大雪,新春应是免凶灾。

浪淘沙慢·兔年暮三楚雪梅对

岁暮腊八了,三镇梅香绕。雪花潦乱,寒夜江城闹。仙友暗忖,浅梦疏枝杪。伤别何曾老。花醉六英皑,俏人儿、冰怀素操。　　雪花袅。叹蜡艳橙莹,品浮香暗喷,仪貌万端,梦牵盈盈笑。更有故人,莺语汉皋道。瑞雪丰年兆。况雪海香洋,应龙年、风和雨调。

癸卯岁杪老伴煮茶

大寒云薄齐朝东,三镇梅开凛冽风。
汉水已经香雪海,蜡株偏爱玉玲珑。
萧斋窗敲暗风色,病叟霜繁疏影梦。
懒问梅林烟月韵,闲同老伴煮茶红。

癸卯腊月十五东湖冻冰之夜

冰肤蜡蒂俏凌空,潋滟东湖冰泮笼。
月照梅园香缕韵,枝疏琥珀蕊葱蒙。
银妆树树婆娑影,玉挂泉泉淡冶风。
流泻清辉亭阁静,嫦娥欲下广寒宫。

浣溪沙·辰龙迎春心语

梅发龙腾别兔年。腊醅香满好河山。冻云清肃蔚蓝天。　　吹梦叩门春讯急,悠柔新绿柳莺鲜。醉花吟,歌月韵,伴云闲。

癸卯江南小年恰逢翌年立春所见

立春巧合小年庚,喻岭酷寒淞雾横。
帘见折枝欺雪压,烟含香暗识梅生。
梨花世界千峰白,砌玉乾坤万籁清。
何必惜梅冰泮裹,琼假花发动江城。

立春冻灾复沙月、兆德公

纵横狼藉横前途,香桂青樟冻雪屠。
腊尽龙霆惊坐起,苍茫曙色闻封湖。

青玉案·春色正如注

琼花曼舞和冰雨。篁笋青樟倒无数。远客如何探亲去。挂冰檐遍,落枝盈野,灾况千年疏。　　一宵难睡惊喧呼。万众冲寒理残蠹。梅冻满城香暗吐。众情须赞,愧心应重,春色正如注。

锦帐春·梅咏

倜傥梅花,瑶台冷面。总怒放凌寒春浅。暗香浮,疏影动,共琼花片片。信天游伴。　　雪映霓梅,柳舒风剪。待裁出芳春无限。柳丝长,春草短。醉莺歌语乱。天涯梦断。

癸卯年杪冻雨雪灾禽鸟僵死树林

冻雨连宵无鸟啼,平明却见树林奇。
莺披薄雪冰绡里,滞目棱僵别样悲。

锦帐春·贺辰龙元旦
——为亲家魏新利教授而作

南国花繁,江城春浅。喜万里琼花相伴。逐云孙,圆梦女,探天涯春满。碧波庭院。　　小袄亲情,几春慈眷。贺纳福龙年春满。合家欢,椰影暖。惜酒香花间。细谈夜短。

甲辰龙年春节江城春意

出水潜龙冻雨收,东风万里扫闲愁。
桃符户户除衰气,炮竹声声展壮猷。
陋室祈祥华旦语,清觞祝福艳阳楼。
平安最是人心愿,闻道春梅满陌头。

临江仙·甲辰春节

爆竹声声潜龙现,金条湖柳柔悬。春梅怒放冷香轩。雪融轻如梦,云敛悄如烟。　　辞旧寒舍生暖意,阔疏亲友喧喧。杯觥交错艳阳天。泪零归雁后,诗绕舞莺前!

月下白梅
——奉和沙月女史

雪姿弦月踏春坡,疏影香浮醉粉娥。
淡冶花魂冰操守,晶容金线烂银梭。
幽情幸得高贤笔,雅韵天成佳丽歌。
一曲名花瑶瑟女,林逋嗟叹费蹉跎。

雨中花慢·甲辰雨水时节倒春寒

龙岁春光初现,震旦银花,染柳金烟。更有绮梅如海,五色争妍。堤道莺稀,长山嫩黛,短草芳鲜。恰惹梦冷雨,无端误我,夜敲窗喧。　　危楼听雨,忧思何处,寄兴总在花间。君莫问,倒春寒近,冻雨冰残。春浅聊成美景,天何遽扫朱颜?忍将芳蕙,付诸寒雨,独立窗前。

甲辰元宵节近江城冻灾三首

其一

天寒地冻近元宵,滴水成冰巷陌寥。
雪霰梅花安有泪?香肌玉骨别含娇。

其二

北风凄厉今宵峭,九省通衢冻未消。
铲雪除冰人不寐,马龙车水待明朝。

其三

驾雾辰龙腾踊到,纷纷大雪兆年韶。
东风浩荡风雷后,杨柳万千莺喜聊。

甲辰上元节闹元宵

流光溢彩上元宵,玉砌冰帘无月招。
蟾兔已赊寒殿影,辰龙更惬锦鳞雕。
梅花火树冰绡润,焰火声歌香透遥。
糯糯汤团圆似月,儿孙喧笑吟春调。

武陵春·早晨元宵深夜月出山

风敲冰帘翘望白,雪霰满江城。香卷琼花梦蝶轻。焰火到天明。　元宵酒暖汤圆滚,不负上元灯。云破清光夜气清。春念月多情。

甲辰春醒三部曲

春望

玉麟百万白龙威,冰裹梅魂结雪枝。
冻雨凝香花滴泪,东风欲至未来时。

春报

还寒乍暖鸭先知,年尽云轻风片迟。
浅草柳丝归燕剪,梅香似海报春时。

春醒

几番风雨春醒迟,燕舞莺啼乱绕枝。
喻苑娇樱堆若锦,夭桃艳李斗芳姿。

甲辰九九终了

九天终了仲春时,娇软海棠依旧枝。
料峭春寒何足道,东风浩荡海山吹。

鹧鸪天·甲辰惊蛰

杏花春雨绯云楼,惊雷夜半蛰龙讴。莺歌樱眼长条柳,燕剪桃腮不系舟。 雪消尽,海棠羞。满城春色醉沙鸥。人间吹梦东风晚,白首拈花凤鸟俦。

甲辰二月京城二会

东风骀荡遍神州,凤集龙歌聚燕幽。
百载风云烽火烈,初心壮志远图猷。
任从狂浪指针定,不负斯民幸福谋。
命运共舟真舵手,红帆再启写春秋。

汉宫春·二会京城春色

禁城高会早春开。龙翔凤集来。满园春色不须栽。雄图紫气佳。 百载风云今正盛,红帆前路合无涯。赖有坚持舵手,锦帆清扫霾。

醉春风·甲辰二月二读汉调《竹枝词》

陌上桃风美。风流催客醉。叼来紫燕竹枝调,媚,媚,媚。南望山枝,紫嵩台竹,大家词味。 雅韵龙抬碎。阳春冰操意。稼轩风骨楚骚风,嵬,嵬,嵬。惟有瑜珈,伴星霜鬓,寸心难寐。

庭前白玉兰怒发
——奉和王景岚教授

玉兰一夜好风催,怒发庭前香暗回。
缟翼素衣星雪影,诗人饮韵几浮杯?

甲辰仲春易安居士两首
——步韵沙月女史《读漱玉词》

其一

还寒乍暖春荫深,亘古裙衫浩莽吟。
敢笑霸王垓下怯,良诚愧杀漱流音。

其二

一代词宗国难深,江东颠沛慢沉吟。
寻寻觅觅兰台咏,沙月千秋寄恨音。

甲辰寄燕
——奉和刘克明君

传道讲筵何碍迟,俊才唯楚古来知。
纷传喻岭翰林杰,喜读燕京凤沼诗。
问鼎中原君齿壮,点兵虎帐马嘶时。
涂公泉下莞然笑,又见光华司马旗。

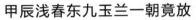

甲辰浅春东九玉兰一朝竟放

今朝东九玉兰新,一夜高天摘彩珍。
紫雾流连蜂恋醉,缟烟自在燕窥频。
风含佳丽赏花兴,云送幽香卷地匀。
玉带河清春水映,鱼叼雁影月如银。

注:华中科技大学东九教学楼,是目前已知的亚洲最大的教学楼,同时可容纳两万学生上课。余在此上课垂十余年。近年来,东九教学楼的环境建设得十分美丽幽静。尤其是楼前玉兰林和东九湖,为校园一绝也。

醉花阴·甲辰春分抒怀

乍讶桃风美。方惊蝶梦蜕。春潮澎湃又春分,醉,醉,醉。归雁逐云,杜鹃啼柳,怎生安睡? 莫落春愁泪。独怜青衫翠。百年苦短爱春时,味,味,味。多谢芳华,守约伴我,寸心无累。

奉和林林老师《美丽乡村》

四月人间柳烟扬,散花仙女四郊忙。
杏花湿晕桃花雨,彩蝶寻芳梦兴扬。
追日钢牛稻波翠,逐云紫燕霓裳妆。
春深如海人沉醉,稻菽繁花赛短长。

四月春咏
——奉和李萍老师《四月呢喃》

素女辰龙降下尘,桃风杏雨一城新。
柳丝帘笼梨花雨,樱树烟横踏舞人。
无力海棠含戚泪,有情粉蝶逐莎茵。
惜芳诗客中宵咏,盼咐嫦娥留好春。

甲辰清明前戏为两首

其一

一夜樱花开满园,盈盈浅笑故人前。
珞珈去岁山中见,今日轩窗伴鹤眠!

其二

风和丽日近清明,细火烹茶听乱莺。
难奈窗前勾曲月,流光撩惹梦无成。

江城牡丹盛开
——次韵李文杰先生

百花次第画图新,最是牡丹繁艳珍。
昨夜星辰人不寐,今朝国色麝笺频。
姚黄霞映春波皱,魏紫柳眠脂粉匀。
已报春深香似海,青衫独立发如银。

牡丹吟
——再和李文杰先生
花魁万古韵非新,绽放洛阳唐宋珍。
高贵雄姿饶骨意,盛装态度赞声频。
枝枝独得好模样,缕缕偏留艳色匀。
不学东施效颦戚,淡红嫣紫顿成春。

甲辰寒食
苍茫寒食柳帘蒙,悼吊绵山介子公。
千载萦怀忠义骨,万民景颂洞霄风。
从来孝悌酬奇士,今日慈云念老翁。
八十翰池尘与土,一帆烟雨觉和梦。

临江仙·甲辰清明怀椿萱
萱草慈云何处,梨花凄雨飘零。浮生折柳几清明。断云长恨远,孤影暗愁生。　　老迈不堪添土,新来常梦佳城。杜鹃啼血数飞英。瑶台人不见,帘外数峰青。

附录一:桃李不言,下自成蹊
——庆祝科学出版社成立 60 周年

科学出版社问世 60 周年了,在这 60 年的风风雨雨中,我由该社的一名忠实读者,成为一名作者,有许多话要说。2011 年 3 月,在中国科学院科学出版基金资助下,我与我的学生在科学出版社出版了专著《脉冲激光沉积动力学原理》;2013 年 10 月,又出版了专著《应用群论》。我现在要讲的是,《脉冲激光沉积动力学原理》一书出版前后发生的事,充分表明科学出版社在国际学术界具有不可替代的重要作用,是我国学者与国际学术界进行学术交流的重要平台。

在《物理》杂志 2011 年第 9 期中,著名的光学专家、长江学者陆培祥发表书评《一本值得推荐的专著》,他说:"《脉冲激光沉积动力学原理》一书创新性很强……张端明教授的课题组自 20 世纪 90 年代开始就利用 PLD 技术研制钽铌酸钾薄膜等材料,并基于优化工艺对于机理研究的客观需要,从宏观上分析了 PLD 的各个过程之间的内在关联,确定了构建脉冲激光沉积动力学的'大厦'的目标,制订了相应的长期科研计划。经过近 20 年坚持不懈的努力,同时不断吸收国际学术界在有关领域的最新研究成果,基本构建起脉冲激光沉积动力学的比较自洽、完整的科学体系,并提供了脉冲激光沉积动力学各个物理过程的比较丰满、准确的物理图像,从而为本书的撰写奠定了坚实的科学基础。本书是国际上第一本全面系统地讨论脉冲激光沉积动力学的专著。""我热忱地推荐《脉冲激光沉积动力学原理》这本出自我国科学工作者的专著,本书具有很强的独创性、实用性和综合性。"简言之,这本专著介绍了中国学者提出和构建的一门新的学科:脉冲激光沉积动力学。

国内学术界邀请我撰写有关研究进展的综述。2012年3月,我国《物理》杂志首页发表我的综述《脉冲激光沉积动力学研究进展》。2013年,开源学术刊物《凝聚态物理学进展》发表我的综述《激光烧蚀在材料加工中的应用及其机理研究进展Ⅰ:在加工领域和表面改性纳米光栅方面应用》。

《脉冲激光沉积动力学原理》的影响迅速波及欧美。2011年8月,欧洲材料科学家David Cameron教授致电:"我经由中国科学院Jie Li教授介绍,得知你是激光烧蚀沉积技术专家。Elsevier出版社近期拟出版多卷本的关于材料加工的大型参考丛书。我负责编辑关于薄膜和涂覆一卷的工作,我希望此卷包括激光烧蚀中薄膜沉积这一章,在这个领域你经验和学识极为丰富(我邀请你撰写此章),我要求其内容涉及激光烧蚀工艺和加工的理论与实践……如果你接受邀请,我将深感荣幸,期待你的回复,David Cameron。"需要说明的是,Jie Li教授与我素昧平生,至今尚未谋面,算是学界同仁、天涯神交吧。至于Elsevier出版社,是目前世界上规模较大的科学技术及医学领域中的出版集团,每年出版2000多种期刊和约2200种新书。我国的对外学术期刊大部分由该出版社对外发行。

2014年6月,国际材料科学界精英撰写的大型材料加工科学专著《材料加工大全》正式向全世界发行,全书共13卷1500多页,应该说是国际材料加工领域的盛事。Elsevier出版社称,该书受邀请的撰写人均为各个领域世界级的专家。也就是说,我受邀应该说是中国科学工作者的一份殊荣,也标志着国际材料科学界对于中国学者提出和构建的脉冲激光沉积动力学的认可。我们在此书所撰写的激光烧蚀一章的内容,严格来说,只是在2011年科学出版社出版的《脉冲激光沉积动力学原理》一书的详细英语摘要而已。这也算《脉冲激光沉积动力学原理》所结出的一颗丰美的果实。

近年来,我接到的关于国际材料学界和凝聚态物理的学术会议邀请极多,由于年事渐高,步履维艰,几乎一概回绝。但是我接到的拟于 2015 年在希腊召开的国际科学和工程计算方法学术会议(ICCMSE)的邀请则使我感动不已。会议前后邀请我 5 次之多,并且诚恳邀请我在大会上做学术报告,此外,还请我在大会期间就所研究的学术领域主持和组织一个研讨会,这是我的研究成果受到国际学术界的高度重视的证明。

除此之外,我的工作在美国也得到了反响。应美国出版社 Nova Sicence Publishers, Inc. 之邀,在其近期出版的英文专著《laser ablation:Effects and Applications》(《激光烧蚀:效应和应用》)中撰写了第七章"Thermophysical effects of femtosecond laser ablation of metaltarget"(金属靶材飞秒激光烧蚀的热物理效应)。我相信,上面列举的若干事实足以证明,一个好的出版社,例如科学出版社,应该而且必须是高效率、不可替代的国际学术交流平台。可惜的是,我们的著作是以中文出版的。如果当初是以英文出版,可能影响会更迅速、更广泛。

多年来,科学出版社是新中国科学发展的见证者、参与者。科学出版社出版的经典科学著作有《中国植物志》《堆垒素数论》《工程控制论》《物候学》《地质力学概论》《稀土的溶剂萃取》等。毋庸讳言,一本科学专著需要科学的积累、沉淀、提炼和升华。当然,更需要长时间坚持艰苦的科学研究。这正是与时下浮躁、功利的风气大相径庭的。我国原创性的科学成果相对较少,有国际影响的科学著作还比较少,因此,我作为一个关心国家科学发展的中国人,深感这种状况必须改变。有的科学成果的传播借助于论文是可以的,例如爱因斯坦的相对论。但是,仅就相对论而言,爱因斯坦还撰写了相对论的意义等通俗读物。有的科学成果就像一座大厦,一砖一瓦固然不可少,但是大厦不等于所有建筑材料的组合。其中的结构、逻辑关系需要精心配置、精心梳理,方能为学术界所接受。这样的工作吃力不讨好,许多科学工作者不愿做、不屑做。他们愿意做什么呢?

似乎有一种时尚,追求大课题,钱越多越好;追求论文多,影响因子越高越好。这并非完全不对。但是,我们对科学工作的考核,如果完全以此为标准,恐怕就有本末倒置之嫌。牛顿研究之初并没有所谓的国家项目,更无所谓大资金的注入,但是我们毫无例外地都把牛顿视为极其伟大的科学家。爱因斯坦关于相对论的研究,最初连发表都成问题。在其文章发表以后,反对者多,质疑者多,知音寥寥。最富有讽刺意义的是,当爱因斯坦已誉满天下,普朗克等著名科学家一再向诺贝尔奖委员会推荐,但相对论始终没有得到诺贝尔奖。诺贝尔奖委员会的衮衮诸公十分为难,他们苦苦寻思,总算找到了一个折中的办法,将诺贝尔奖授给了爱因斯坦的有关光电效应的研究。这项研究获奖无疑是够格的,其物理内容较易为人们所理解,但是其科学价值远远不能与相对论相提并论。阳春白雪,和者盖寡,自古而然,何分中外!

结论是什么?从事科学技术研究,我们一定不能忘记其根本宗旨是解决人们生产生活中面临的问题和科学理论发展中存在的瓶颈。所有背离这个根本宗旨的评价标准和体系,不可避免地会有碍于科学技术的顺利发展,不可避免地会造成科研中功利主义、浮躁、弄虚作假等不良风气和腐败作风的蔓延。

《脉冲激光沉积动力学原理》一书是我 20 年科研工作的总结,其内容来自发表的近 200 篇论文以及国际科学界的成果,重要的工作在于把这些内容系统化、条理化,构建为一个逻辑严整的理论体系。没有这些工作的所谓科学专著,实际上不是专著而是论文集。《脉冲激光沉积动力学原理》一书只解决了一个科学问题,即脉冲激光沉积技术长期以来缺乏系统机理研究,该书提供了该技术的整体物理图像。我们感谢科学出版社为我们提供了平台,提供了我们发表研究成果的机会,提供了脉冲激光沉积动力学这门新学科的摇篮。

篇后语

上篇发表于 2014 年 11 月 12 日的《中华读书报》。该报编辑在导言中指出：作者深情回忆了在科学出版社出版《脉冲激光沉积动力学原理》一书的过程以及该书的巨大国际影响。

该书出版后，邀请我出席的国际学术会议很多。可惜由于我年老体衰，所有的学术会议我都没有参加，失去了扩大影响、提高我国学者学术声望的大好机会。这里我特别要指出，主要由欧美学者主导和组织的国际科学和工程计算方法学术会议，从 2015 年开始，2016 年、2017 年、2018 年和 2019 年，连续 5 年邀请我参加该学术会议，言辞恳切，态度诚恳。以 2015 年的邀请信为例：

Dear Prof. Dr. Duan-Ming Zhang：

In March 2015 we organize the International Conference of Computational Methods in Sciences and Engineering 2015 (ICCMSE 2015), in Athens, Greece, Metropolitan Hotel：http://www.chandris.gr/athens/, 20-23/03/2015. URL address：http://www.iccmse.org (the page is under construction for ICCMSE 2015).

It is great pleasure to invite you to organize a Symposium on your research subject within ICCMSE 2015.

If you agree, please send me：

• The Title of the Symposium.

• A short description of the Symposium.

• Your full affiliations.

• Please also inform me how you will advertise your symposium.

……

With my best regards,

Professor Dr. T. E. Simos

Chair and Organiser ICCMSE 2015

每次的邀请信内容都大致相同。这里需要说明的是,大会主席 T. E. Simos 是欧洲著名的材料科学家,也是专著《Comprehensive Materials Processing》(《材料加工大全》)的主编之一。大会承诺专门为我研究的领域组织一个研讨会,并愿提供部分资助,同时还邀请我在大会做报告。这难道不是国际学术界对我们研究成果的高度评价吗?这不正好说明"桃李不言,下自成蹊"吗?

附录二:张端明教授学术成果

外文成果

[1] FAN P J,**ZHANG D M**,HE M H,et al. Exact Solution for Clustering Coefficient of Random Apollonian Networks[J]. Chinese Physics Letters,2015,32(8):225-227.

[2] YANG F X,XIA Z C,YU G,**ZHANG D M**. Magnetotransport Behavior of Silver-Rich Silver Selenide Polycrystalline Synthesized by a Chemical Method [J]. Journal of Alloys and Compounds,2014,585:708-712.

[3] YANG F X,YU G,XIA Z C,HAN C,LIU T T,**ZHANG D M**. Low-Temperature Ferromagnetic Properties in Co-doped Ag_2Se Nanoparticles[J]. Applied Physics Letters,2014,104(1):012-106.

[4] LI R,XIAO M,LI Z H,**ZHANG D M**. Temperature Properties in Polydisperse Granular Mixtures[J]. Communications in Theoretical Physics,2013,59(2):229-232.

[5] LI R,XIAO M,LI Z H,**ZHANG D M**. The Effects of Heating Mechanism on Granular Gases with a Gaussian Size Distribution[J]. Chinese Physics Letters,2012,29(12):128-103.

[6] YANG F X,XIONG S T,XIA Z C,LIU F X,HAN C,**ZHANG D M**. Two-Step Synthesis of Silver Selenide Semiconductor with a Linear Magnetoresistance Effect[J]. Semiconductor Science and Technology,2012,27(12):1-6.

[7] LI R,**ZHANG D M**,LI Z H. Size Segregation in Rapid Flows of Inelastic Particles with Continuous Size Distributions[J]. Chinese Physics Letters,2012,29(1):10503.

[8] FANG R R,WEI H,LI Z H,**ZHANG D M**. Improved Two-Temperature Model Including Electron Density of States Effects for Au during Femtosecond Laser Pulses[J]. Solid State Communications,2012,152(2):108-111.

[9] LI R,**ZHANG D M**,XIAO M,et al. Steady-State Properties of Driven Polydisperse Granular Mixtures[J]. Communications in Theoretical Physics,2011,56(6):1145-1148.

[10] LI R,**ZHANG D M**,LI Z H. Velocity Distributions in Inelastic Granular Gases with Continuous Size Distributions[J]. Chinese Physics Letters, 2011, 28

(9):090506.

[11] XU J, **ZHANG D M**. Longitudinal Magnetoresistance and "Chiral" Coupling in Silver Chalcogenides[J]. Communications in Theoretical Physics, 2011, 55(3): 532-536.

[12] ZHONG Z C, QUI S H, JI X D, HU J B, **ZHANG D M**. Optical Nonlinearities of Epitaxial $KTa_{0.65}Nb_{0.35}O_3$ Thin Films Grown by Pulsed Laser Deposition on (100) $SrTiO_3$[J]. Advanced Materials Research, 2011(181-182):212-219.

[13] HE M H, **ZHANG D M**, WANG H Y, et al. Public Opinion Evolution Model with the Variable Topology Structure Based on Scale Free Network[J]. Acta Physica Sinica, 2010, 59 (8):5175-5181.

[14] FANG R R, **ZHANG D M**, WEI H, et al. Improved Two-Temperature Model and Its Application in Femtosecond Laser Ablation of Metal Target[J]. Laser and Particle Beams, 2010, 28(1):157-164.

[15] ZHANG C D, **ZHANG D M**, LIU X M, et al. Effects of Depolarization Field and Interfacial Coupling on the Polarization of Ferroelectric Bilayers[J]. Chinese Physics Letters, 2010, 27(1):017702.

[16] LI Z H, LI P N, FAN J Q, FANG R R, **ZHANG D M**. Energy Accumulation Effect and Parameter Optimization for Fabricating of High-Uniform and Large-Area Period Surface Structures Induced by Femtosecond Pulsed Laser[J]. Optics and Lasers in Engineering, 2010, 48(1):64.

[17] ZHANG K Y, **ZHANG D M**, ZHONG Z C, et al. Synthesis and Optical Properties of Tetragonal $KTa_{0.6}Nb_{0.4}O_3$ Nanoparticles[J]. Applied Surface Science, 2009, 256(5):1317-1321.

[18] LI Z H, **ZHANG D M**, YANG F X. Developments of Lithium-ion Batteries and Challenges of $LiFePO_4$ as One Promising Cathode Material[J]. Journal of Materials Science, 2009, 44(10):2435-2443.

[19] WU Y Y, **ZHANG D M**, YU J, et al. Effect of Bi_2O_3 Seed Layer on Crystalline Orientation and Ferroelectric Properties of $Bi_{3.25}La_{0.75}Ti_3O_{12}$ Thin Films Prepared by RF-Magnetron Sputtering Method[J]. Journal of Applied Physics, 2009, 105(6):061613.

[20] WU Y Y, **ZHANG D M**, YU J, et al. The Effect of Deposition Temperature and Postanneal on the $Bi_{3.63}Pr_{0.3}Ti_3O_{12}$ Thin Films Prepared by RF-Magnetron Sputtering Method[J]. Journal of the American Ceramic Society, 2009, 92(2): 501-505.

[21] WU Y Y, **ZHANG D M**, YU J, et al. Microstructure and Electrical Properties of Bi_2O_3 Excess $Bi_{3.25}La_{0.75}Ti_3O_{12}$ Ferroelectric Ceramics[J]. Materials Chemistry and Physics, 2009, 113(1): 422-427.

[22] ZHONG Z C, HU J B, ZHAN Y G, **ZHANG D M**. Investigation on Microstructural and Raman Scattering Properties of N-doped TiO_2 Prepared by Sol-Gel Process [C]. Wuhan: 2009 Symposium on Photonics and Optoelectronics, 2009.

[23] TAN X Y, **ZHANG D M**, MAO F, et al. Theoretical and Experimental Study of Energy Transportation and Accumulation in Femtosecond Laser Ablation on Metals[J]. Transactions of Nonferrous Metals Society of China, 2009, 19(6): 1645-1650.

[24] XU J, **ZHANG D M**, YANG F X, et al. A Three-Dimensional Resistor Network Model for the Linear Magnetoresistance of $Ag_{2+\delta}Se$ and $Ag_{2+\delta}Te$ Bulks[J]. Journal of Applied Physics, 2008, 104(11): 113922.

[25] XU J, **ZHANG D M**, YANG F X, et al. A Metal-Semiconductor Composite Model for the Linear Magnetoresistance in High Magnetic Field[J]. Physica B-Condensed Matter, 2008, 403(21-22): 4000-4005.

[26] FANG R R, **ZHANG D M**, WEI H, et al. Effect of Pulse Width and Fluence of Femtosecond Laser on Electron-Phonon Relaxation Time[J]. Chinese Physics Letters, 2008, 25(10): 3716-3719.

[27] XU J, **ZHANG D M**, YANG F X, et al. Model for the Magnetoresistance of the Silver-Rich $Ag_{2+\delta}Se$ and $Ag_{2+\delta}Te$ Thin Films[J]. Journal of Physics D: Applied Physics, 2008, 41(11): 115003.

[28] YANG F X, **ZHANG D M**, DENG Z W, et al. The Influence of the Matrix Electrical Conductivity on the DC Poling Behaviors and the Loss of 0-3 Ferroelectric Composites[J]. Acta Physica Sinica, 2008, 57(6): 3840-3845.

[29] CHEN Z Y, **ZHANG D M**. Effects of Fractal Size Distributions on Velocity Distributions and Correlations of a Polydisperse Granular Gas[J]. Chinese Physics Letters, 2008, 25(5): 1583-1586.

[30] LIU D, **ZHANG D M**. Vaporization and Plasma Shielding during High Power Nanosecond Laser Ablation of Silicon and Nickel[J]. Chinese Physics Letters, 2008, 25(4): 1368-1371.

[31] YIN Y P, **ZHANG D M**, TAN J, et al. Continuous Weight Attack on Complex Network[J]. Communications in Theoretical Physics, 2008, 49(3): 797-800.

[32] WU Y Y, **ZHANG D M**, YU J, et al. Effect of Excess Bi_2O_3 on the Ferroelectric and Dielectric Oroperties of $Bi_{3.25}La_{0.75}Ti_3O_{12}$ Thin Films by RF-Sputtering Method[J]. Materials Science and Engineering B, 2008, 149(1): 34-40.

[33] FANG R R, **ZHANG D M**, LI Z H, et al. Improved Thermal Model and Its Application in UV High-Power Pulsed Laser Ablation of Metal Target[J]. Solid State Communications, 2008, 145(11-12): 556-560.

[34] TAN X Y, **ZHANG D M**, LI X, et al. A New Model for Studying the Plasma Plume Expansion Property during Nanosecond Pulsed Laser Deposition[J]. Journal of Physics, D. Applied Physics: A Europhysics Journal, 2008, 41(3): 035210.

[35] HE M H, **ZHANG D M**, PAN G J, et al. Spatiotemporal Characteristic of Epidemic Spreading in Mobile Individuals[J]. Chinese Physics Letters, 2008, 25(2): 393-396.

[36] TAN X Y, **ZHANG D M**, FENG S Q, et al. A New Dynamics Expansion Mechanism for Plasma during Pulsed Laser Deposition[J]. Chinese Physics Letters, 2008, 25(1): 198-201.

[37] WU Y Y, YU J, **ZHANG D M**, et al. Effect of Bismuth Excess on the Crystallization of $Bi_{3.25}La_{0.75}Ti_3O_{12}$ Ceramic and Thin Film[J]. Integrated Ferroelectrics, 2008, 98(1): 11-25.

[38] WU Y Y, YU J, **ZHANG D M**, et al. The Thickness Effect of BTO in BTO/BLTZ0.20/BTO Thin Films Prepared by RF-Magnetron Sputtering[J]. Integrated Ferroelectrics, 2008, 98(1): 35-45.

[39] HAN X Y, **ZHANG D M**, ZHONG Z C, et al. Theoretical Design and Experimental Study of Hydrothermal Synthesis of $KNbO_3$[J]. Journal of Physics and Chemistry of Solids, 2007, 69(1): 193-198.

[40] GUAN L, **ZHANG D M**, LI X, et al. Role of Pulse Repetition Rate in Film Growth of Pulsed Laser Deposition[J]. Nuclear Instruments and Methods in Physics Research Section B: Beam Interactions with Materials and Atoms, 2007, 266(1): 57-62.

[41] YIN Y P, **ZHANG D M**, PAN G J, et al. Sandpile on Scale-Free Networks with Assortative Mixing[J]. Physica Scripta, 2007, 76(6): 606-612.

[42] FANG R R, **ZHANG D M**, LI Z H, et al. Laser-Target Interaction during High-Power Pulsed Laser Deposition of Superconducting Thin Films[J]. Physica Status Solidi A: Applications and Materials Science, 2007, 204(12): 4241-4248.

[43]　TAN X Y,**ZHANG D M**,LI Z H,et al. Ionization Effect to Plasma Expansion Study during Nanosecond Pulsed Laser Deposition[J]. Physics Letters A,2007,370(1):64-69.

[44]　CHEN Z Y, **ZHANG D M**, YANG F X, et al. Global Pressure of One-Dimensional Polydisperse Granular Gases Driven by Gaussian White Noise[J]. Communications in Theoretical Physics,2007,48(3):481-486.

[45]　LI R, **ZHANG D M**, HUANG M T, et al. Dynamic Properties of Two-Dimensional Polydisperse Granular Gases[J]. Communications in Theoretical Physics,2007,48(2):343-347.

[46]　YIN Y P,**ZHANG D M**,PAN G J,et al. Sandpile Dynamics Driven by Degree on Scale-Free Networks[J]. Chinese Physics Letters,2007,24(8):2200-2203.

[47]　**ZHANG D M**,FANG R R,LI Z H,et al. A New Synthetical Model of High-Power Pulsed Laser Ablation[J]. Communications in Theoretical Physics,2007,48(1):163-168.

[48]　CHEN Z Y, **ZHANG D M**, ZHONG Z C, et al. Non-Gaussian and Clustering Behavior in One-Dimensional Polydisperse Granular Gas System [J]. Communications in Theoretical Physics,2007,47(6):1135-1142.

[49]　LI R,**ZHANG D M**,CHEN ZY,et al. Effects of Continuous Size Distributions on Pressures of Granular Gases[J]. Chinese Physics Letters,2007,24(6):1482-1485.

[50]　**ZHANG D M**, LIU D, LI Z H, et al. Thermal Model for Nanosecond Laser Sputtering at High Fluences[J]. Applied Surface Science, 2007, 253 (14): 6144-6148.

[51]　ZHENG C D,**ZHANG D M**,YU J,et al. Synthesis and Ferroelectric Properties of $BiFeO_3$ Thin Films Grown by Sputtering[J]. Integrated Ferroelectrics,2007,94(1):23-30.

[52]　ZHENG C D,YU J,**ZHANG D M**,et al. Processing and Ferroelectric Properties of Ti-doped $BiFeO_3$ Ceramics[J]. Integrated Ferroelectrics,2007,94(1):31-36.

[53]　WU YU Y, YU J, **ZHANG D M**, et al. Ferroelectric Properties of Zr-doped $Bi_{3.25}La_{0.75}Ti_3O_{12}$ Thin Film Deposited by RF-Magnetron Sputtering [J]. Integrated Ferroelectrics,2007,94(1):37-46.

[54]　ZHONG Z C,**ZHANG D M**,HAN X Y,et al. Hydrothermal and Solvothermal Preparation of Nanocrystalline KTN Powders [J]. Journal of Inorganic Materials,2007,22(1):45-48.

[55] GUAN L, **ZHANG D M**, LI Z H, et al. Substrate Temperature Evolution in Ions-Surface Interaction Processes of Pulsed Laser Deposition[J]. Physica B: Condensed Matter, 2007, 387(1-2):194-202.

[56] YU X L, LI Z H, **ZHANG D M**, et al. The Topology of an Accelerated Growth Network[J]. Journal of Physics, A: Mathematical and General: A Europhysics Journal, 2006, 39(46):14343-14351.

[57] **ZHANG D M**, GUAN L, LI Z H, et al. Simulation of Island Aggregation Influenced by Substrate Temperature, Incidence Kinetic Energy and Intensity in Pulsed Laser Deposition[J]. Applied Surface Science, 2006, 253(2):874-880.

[58] PAN G J, **ZHANG D M**, YIN Y P, et al. Avalanche Dynamics in Quenched Random Directed Sandpile Models[J]. Chinese Physics Letters, 2006, 23(10): 2811-2814.

[59] LI L, **ZHANG D M**, LI Z H, et al. The Investigation of Optical Characteristics of Metal Target in High Power Laser Ablation[J]. Physica B: Condensed Matter, 2006, 383(2):194-201.

[60] **ZHANG D M**, SUN F, YU B M, et al. Influence of Inhomogeneity on Critical Behavior of Earthquake Model on Random Graph [J]. Communications in Theoretical Physics, 2006, 46(2):261-264.

[61] GUAN L, **ZHANG D M**, LI Z H, et al. Effect of Incident Intensity on Films Growth in Pulsed Laser Deposition[J]. Chinese Physics Letters, 2006, 23(8): 2277-2280.

[62] **ZHANG D M**, SUN F, YU B M, et al. Self-organized Criticality in an Earthquake Model on Random Network[J]. Communications in Theoretical Physics, 2008, 45(2):293-296.

[63] **ZHANG D M**, HE M H, YU X L, et al. Steady States in SIRS Epidemical Model of Mobile Individuals[J]. Communications in Theoretical Physics, 2006, 45(1): 105-108.

[64] PAN G J, **ZHANG D M**, SUN H Z, et al. Universality Class in Abelian Sandpile Models with Stochastic Toppling Rules[J]. Communications in Theoretical Physics, 2005, 44(3):483-486.

[65] **ZHANG D M**, SU X Y, YU B M, et al. Investigation of Dynamic Behavior in 1D Non-uniform Granular System [J]. Communications in Theoretical Physics, 2005, 44(3):551-554.

[66] WANG X D, PENG X F, **ZHANG D M**. Properties of Highly Oriented

Transparent KTN/SiO$_2$(100) Film Prepared by PLD[J]. Journal of Inorganic Materials,2005,20 (5):1222-1228.

[67] **ZHANG D M**,SUN H Z,LI Z H,et al. Critical Behaviors in a Stochastic One-Dimensional Sand-Pile Model[J]. Communications in Theoretical Physics, 2005,44(2):316-320.

[68] WANG X D,PENG X F,**ZHANG D M**. Ferroelectric Properties of Transparent KTN Thin Film Produced by Pulsed Laser Deposition[J]. Chinese Journal of Chemical Physics,2005,18(4):599-604.

[69] **ZHANG D M**,SUN H Z,LI Z H,et al. Anomalous Scaling Behaviors in a Rice-pile Model with Two Different Driving Mechanisms[J]. Communications in Theoretical Physics,2005,44(1):99-102.

[70] **ZHANG D M**,ZHONG Z C,HAN X Y,et al. Dielectric Properties and Lattice Distortion in Rhombohedral Phase Region and Phase Coexistence Region of PZT Ceramics[J]. Communications in Theoretical Physics, 2005, 43 (5): 855-860.

[71] **ZHANG D M**, LI L, LI Z H, et al. Variation of the Target Absorptance and Target Temperature Distribution before Melting in the Pulsed Laser Ablation Process[J]. Acta Physica Sinica,2005,54(3):1283-1289.

[72] **ZHANG D M**,YAN W S,ZHONG Z C,et al. Study on the Relation between the Dielectric Properties and Lattice Distortions in PZT Ferroelectric Tetragonal Phase Region[J]. Acta Physica Sinica,2004,53(5):1316-1320.

[73] **ZHANG D M**,PAN G J,LEI Y J,Mechanisms of Avalanche Dynamics in a Stochastic Four-State Sandpile Model[J]. Chinese physics letters, 2003, 20 (12):2122-2125.

[74] **ZHANG D M**,LEI Y J,PAN G J,et al. Langevin Simulation of Non-Uniform Granular Gases[J]. Chinese Physics Letters,2003,20(12):2218-2221.

[75] **ZHANG D M**, LEI Y J, YU B M, et al. The thermal Conductivity Theory of Non-uniform Granular Flow and the Mechanism Analysis[J]. Communications in Theoretical Physics,2003,40(4):491-498.

[76] **ZHANG D M**,GUAN L,YU B M,et al. Monte Carlo Simulation of Growth of Thin Film Prepared by Pulsed Laser[J]. Chinese Physics Letters,2003,20(2): 263-266.

[77] **ZHANG D M**,GUAN L,LI Z H,et al. Study on the Evolvement of Plasma Generated by Pulsed Laser Deposition of Thin Film[J]. Acta Physica Sinica,

2003,52(1):242-246.

[78] LI Z H,**ZHANG D M**,YU B M,et al. Characteristics of Plasma Shock Waves Generated in the Pulsed Laser Ablation Process[J]. Chinese Physics Letters, 2002,19(12):1841-1843.

[79] **ZHANG D M**,LEI Y J,YU B M,et al. A Fractal Model for the Effective Thermal Conductivity of Granular Flow with Non-uniform Particles[J]. Communications in Theoretical Physics,2002,37(2):231-236.

[80] **ZHANG D M**,LI Z H,YU B M,et al. Dynamic Simulation on the Preparation Process of Thin Films by Pulsed Laser[J]. Science in China Series A: Mathematics,2001,44(11):1485-1496.

[81] WANG S M,LI Z Y,**ZHANG D M**,et al. Dielectric,Ferroelectric Properties of $KTa_{0.65}Nb_{0.35}O_3$ Thin Films Prepared by Sol-Gel Process on Pt(111)/Ti/MgO(100) Substrates[J]. Journal of Sol-Gel Science and Technology, 2000, 17 (2): 159-162.

[82] MA W D,ZHAO Z S,WANG S M,**ZHANG D M**,XU D S,WANG X D,CHEN Z J. Preparation of Perovskite Structure $K(Ta_{0.65}Nb_{0.35})O_3$ Films by Pulsed Laser Deposition on Si Substrates[J]. Physica Status Solidi A: Applications and Materials Science,1999,176(2):985-990.

[83] **ZHANG D M**,ZHANG Z,YU B M. The Fractal Characteristic of Particles in Granular Material Flows and Its Effect on Effective Thermal Conductivity[J]. Communications in Theoretical Physics,1999,31(3):373-378.

[84] **ZHANG D M**,YU B M,LI Y,et al. $BaTiO_3$ Crystal Structure Phase Transition Caused by the Jahn-Teller Effect and the Model of Like-Hydrogen Molecule-ion ($H^{-2(+)}$)[J]. Physica Status Solidi (b),1996,197(1):31-38.

[85] **ZHANG D M**,GAO Y H,YU B M,et al. The Magnetic Properties of $R_2(Fe_{1-x}Si_x)_{17}$ Compounds (R = Dy, Y)[J]. Journal of Applied Physics, 1994, 76 (11): 7452-7455.

[86] GAO Y H,TANG N,ZHONG X P,WANG J L,LI W Z,QIN W D,YANG F M,**ZHANG D M**,DEBOER F R. Magnetic Interactions in $R_2(Fe_{1-x}Ga_x)_{17}$ Compounds (R = Dy, Y)[J]. Journal of Magnetism and Magnetic Materials, 1994,137(3):275-280.

[87] GAO Y H,**ZHANG D M**,TANG C Q,et al. Model for Calculating Tc of Pluralistic Magnetic Component Compounds[J]. Journal of Applied Physics, 1994,76(11):7456-7460.

[88] ZHANG D M,TANG C Q,GEN T,et al. Temperature Dependence of Positron Lifetime in the Two-Mixed-Phase Bi-Sr-Ca-Cu-O Superconductor[J]. Physical Review B,1993,47(6):3435-3437.

中文成果

[1] 李睿,戴伟,张端明.加热机制对粒径呈幂律分布的颗粒气体中能量均分失效行为的影响[J].四川大学学报(自然科学版),2017,54(05):1073-1076.

[2] 方频捷,张端明,何敏华.具有可变群集系数的新型无标度小世界网络[C]//湖北省物理学会,武汉物理学会术年会.湖北省物理学会、武汉物理学会2015年学术年会论文集.黄冈:湖北省物理学会、武汉物理学会2015年学术年会委员会,2015.

[3] 李睿,肖明,李志浩,张端明.粒径呈幂律分布的颗粒气体中的速度分布特性[J].华中师范大学学报(自然科学版),2014,48(01):49-52.

[4] 方频捷,张端明,何敏华,等.无标度网络中基于局域信息的传输速度优化[J].海军工程大学学报,2013,25(04):36-40,112.

[5] 陈志远,齐文杰,张端明.计及次近邻原子作用平面正三角晶格振动的色散关系[J].武汉工程大学学报,2013,35(08):81-86.

[6] 何敏华,张端明.脉冲激光沉积动力学研究进展[J].物理,2012,41(03):141-150.

[7] 陈志远,戴国田,谢菊芳,张端明.计及所有长程库仑作用一维双原子链晶格振动的色散关系[J].湖北大学学报(自然科学版),2010,32(03):279-282,286.

[8] 何敏华,张端明,王海艳,等.基于无标度网络拓扑结构变化的舆论演化模型[J].物理学报,2010,59(08):5175-5181.

[9] 李智华,范敬钦,李普年,房然然,张端明.能量累积效应对飞秒激光诱导表面周期结构的影响[J].中国激光,2010,37(01):68-73.

[10] 李莉,张端明,房然然,等.飞秒多脉冲激光烧蚀金属过程中的能量剩余现象[J].强激光与粒子束,2009,21(11):1671-1676.

[11] 何敏华,张英杰,张端明.西方社会信息学与东方社会信息科学鸟瞰[J].华中科技大学学报(社会科学版),2009,23(05):82-87.

[12] 刘高斌,张端明,赵汝顺,等.纳秒脉冲激光沉积中等离子体膨胀的动力学模型[J].沈阳工业大学学报,2009,31(04):401-408.

[13] 郑朝丹,张端明,刘心明,等.Ti掺杂BiFeO$_3$陶瓷的结构和铁电性能研究[J].无机材料学报,2009,24(04):745-748.

[14] 杨凤霞,张端明,韩祥云,等.0-3型(PZT,KTN)/P(VDF-TrFE)三相铁电复合

材料的电学性能[J].复合材料学报,2008(04):68-72.

[15] 杨凤霞,张端明,邓宗伟,等.基体电导率对 0-3 型铁电复合材料高压极化行为及损耗的影响[J].物理学报,2008(06):3840-3845.

[16] 谭新玉,张端明,冯笙琴,等.激光烧蚀溅射形成粒子流的碰撞效应模拟研究[J].华中科技大学学报(自然科学版),2008(03):58-60,68.

[17] 杨凤霞,邓宗伟,张端明,等.低温水热合成法制备硒化银及其表征[J].现代化工,2007(S2):345-346.

[18] 关丽,李旭,张端明,等.脉冲重复频率对脉冲激光沉积薄膜的生长过程的影响(英文)[J].人工晶体学报,2007(05):1148-1154.

[19] 张端明,何敏华.迎接我国工程伦理学的春天——《工程伦理:概念和案例》读后[J].华中科技大学学报(社会科学版),2007(03):124.

[20] 钟志成,张端明,韩祥云,等.$KTa_{0.6}Nb_{0.4}O_3$粉体溶剂热和水热法合成的对比研究[J].无机材料学报,2007(01):45-48.

[21] 杨凤霞,邓宗伟,张端明,等.低温水热合成法制备硒化银及其表征[J].现代化工,2007(S2):345-346.

[22] 郑克玉,杨凤霞,钟志成,张端明.KTN 纳米粉的水热合成工艺研究[C]//第六届中国国际纳米科学技术研讨会.第六届中国国际纳米科学技术研讨会论文集.北京:国家纳米科学技术指导协调委员会,2007.

[23] 钟志成,张端明,韩祥云,等.铁电 $KTa_{0.65}Nb_{0.35}O_3$ 陶瓷粉体的溶剂热法制备及机理研究[J].襄樊学院学报,2006(05):29-32.

[24] 钟志成,张端明,韩祥云,等.$KTa_{0.65}Nb_{0.35}O_3$陶瓷粉体的合成及铁电性质研究[J].信阳师范学院学报(自然科学版),2006(03):311-313,317.

[25] 张端明,杨斌,魏念,等.钛酸铋基铁电薄膜研究进展[J].功能材料,2006(03):351-354,357.

[26] 殷艳萍,张端明,潘贵军,等.具有相称混合性的无标度网络上的沙堆动力学研究[C]//全国复杂网络学术会议.2006 年全国复杂网络学术会议论文集.武汉:2006 年全国复杂网络学术会议委员会,2006.

[27] 钟志成,张端明,韩祥云,等.纳米 $KNbO_3$ 粉体的水热合成及表征[J].襄樊学院学报,2005(05):17-19.

[28] 王晓东,彭晓峰,张端明.PLD 法制备高取向透明 $KTa_{0.65}Nb_{0.35}O_3/SiO_2$(100)薄膜性能研究,无机材料学报[J].无机材料学报,2005(05):1222-1228.

[29] 王晓东,彭晓峰,张端明.透明 KTN 薄膜的 PLD 法制备及其铁电性能研究[J].化学物理学报,2005(04):599-604.

[30] 谭新玉,张端明,李智华,等.纳秒脉冲激光沉积薄膜过程中的烧蚀特性研究

[J].物理学报,2005(08):3915-3921.

[31] 谭新玉,**张端明**,李智华,等.脉冲激光制膜技术烧蚀阶段的热特性研究[J].华中科技大学学报(自然科学版),2005(07):65-67.

[32] 杨凤霞,李智华,**张端明**,等.压电复合材料的电弹耦合特性分析[J].复合材料学报,2005(02):121-124.

[33] 钟志成,郑朝丹,**张端明**.中国纳米科研现状分析与思考[J].中国科技论坛,2005(02):9-11,8.

[34] **张端明**,李莉,李智华,等.靶材吸收率变化与烧蚀过程熔融前靶材温度分布[J].物理学报,2005(03):1283-1289.

[35] **张端明**,郑朝丹.中国纳米科技现状分析与思考[J].世界科技研究与发展,2005(01):23-26.

[36] 王晓东,彭晓峰,**张端明**.PLD法在透明石英单晶(100)上制备高取向KTN薄膜[J].中国科学G辑:物理学、力学、天文学,2004(04):430-438.

[37] **张端明**,侯思普,关丽,等.脉冲激光制备薄膜材料的烧蚀机理[J].物理学报,2004(07):2237-2243.

[38] **张端明**,严文生,钟志成,等.PZT四方相区介电常数 εr 与晶格畸变关系的研究[J].物理学报,2004(05):1316-1320.

[39] 郑克玉,**张端明**,周桃生,等.高介电高压电活性PLZT陶瓷材料的研究[J].功能材料,2003(06):699-701.

[40] 杨凤霞,**张端明**.研究混合连通型压电复合材料的模型及方法[J].压电与声光,2003(05):414-417.

[41] **张端明**,关丽,李智华,等.脉冲激光制膜过程中等离子体演化规律的研究[J].物理学报,2003(01):242-246.

[42] 魏晓云,张彤,**张端明**.新世纪的第一只燕子——2001年度诺贝尔物理学奖述评[J].物理,2002(10):629-634.

[43] 关丽,**张端明**,李智华,等.PLD制膜过程中等离子体羽辉演化的模拟[J].华中科技大学学报(自然科学版),2002(08):96-97,103.

[44] 杨凤霞,**张端明**.超声换能器用0-3型PZT/P(VDE-TrFE)压电复合材料的设计[C]//中国声学学会.中国声学学会2002年全国声学学术会议论文集.北京:中国科学院声学研究所,2002.

[45] 刘治,**张端明**.贝尔不等式及其实验验证[J].湖北大学学报(自然科学版),2002(02):131-135.

[46] **张端明**,雷雅洁,张美军,等.混合颗粒流分形模型及相关有效热传导的分析[J].华中科技大学学报,2001(12):114-116.

[47] **张端明**,李智华,郁伯铭,等. Dynamic Simulation on the Preparation Process of Thin Films by Pulsed Laser[J]. 中国科学:数学(英文版),2001(11):1485-1496.

[48] 李智华,**张端明**,陈中军,等. KTN 薄膜脉冲激光沉积过程的机理研究[J]. 物理学报,2001(10):1950-1955.

[49] 李智华,**张端明**,关丽,等. 脉冲激光烧蚀靶材等离子体羽辉的动力学模拟[J]. 华中科技大学学报,2001(09):103-105.

[50] **张端明**,李智华,郁伯铭,等. 脉冲激光制备薄膜材料的机理[J]. 中国科学(A辑),2001(08):743-753.

[51] 钟志成,李智华,**张端明**,等. 脉冲高能准分子激光烧蚀块靶产生等离子体的动力学过程的差分模拟[J]. 强激光与粒子束,2001(03):317-320.

[52] **张端明**,李智华,黄明涛,等. 脉冲激光烧蚀块状靶材的双动态界面研究[J]. 物理学报,2001(05):914-920.

[53] 李震,**张端明**. 非均匀磁场扫描的磁滞曲线测量方法的研究[J]. 压电与声光,2001(01):77-79.

[54] **张端明**,黄明涛. Yang-Mills 理论、维度正规化及其它[J]. 云南民族学院学报(自然科学版),2001(01):253-258.

[55] 陈中军,**张端明**,李智华,等. 脉冲激光沉积 KTN 薄膜动力学过程模拟[J]. 华中理工大学学报,2000(05):92-94.

[56] **张端明**. 高能碰撞多粒子产生 夸克王国一首铿锵的叙事诗[J]. 科学,2000,52(01):53-54.

[57] 王世敏,张刚升,李佐宜,**张端明**. KTa$_{0.55}$Nb$_{0.45}$O$_3$ 薄膜的介电和铁电及热释电性能研究[J]. 硅酸盐学报,1999(06):678-684.

[58] **张端明**,郑平,王晓东,等. 掺锰钛酸钡 PTC 陶瓷复合材料介电特性的研究[J]. 功能材料,1999(05):509-511.

[59] 王晓东,**张端明**,陈中军,等. 掺锰钛酸钡 PTC 陶瓷的制备工艺及其阻温特性研究[J]. 功能材料,1999(05):512-514.

[60] **张端明**,张敏,蔡永耀,等. 1997 年度物理学成果精粹(Ⅱ)[J]. 物理,1999(08):61-65.

[61] **张端明**,张敏,蔡永耀,等. 1997 年度物理学成果精粹(Ⅰ)[J]. 物理,1999(07):59-63.

[62] 钟志成,**张端明**,李源,等. 行波超导波态的数值研究[J]. 量子电子学报,1999(03):265-268.

[63] **张端明**,李源,钟志成,等. 驻波超导波态的数值研究[J]. 华中理工大学学报,

1998(S1):100-102.

[64] 张敏,**张端明**.具有渐变电导率圆柱体的电磁波散射问题[J].华中理工大学学报,1998(S1):103-105.

[65] 赵明,**张端明**,郁伯铭.多孔介质粘滞指进中的毛细效应[J].华中理工大学学报,1998(S2):60-62.

[66] **张端明**,赵明,郁伯铭.沉积岩孔隙结构的二维分形模型及两相流模拟[J].华中理工大学学报,1998(S2):63-65.

[67] 钟志成,**张端明**,刘素玲,等.用Sol-Gel法制备粉料及KTN陶瓷烧结研究[J].华中理工大学学报,1998(11):102-104.

[68] 马卫东,**张端明**,王世敏,等.高取向KTN薄膜的PLD法制备研究[J].华中理工大学学报,1998(07):8-10.

[69] 于晓凌,林钢,秦卫东,**张端明**.Study on the Crystal Structure and the Intrinsic Properties of Ternary Rare Earth Compound $TbMn_6Sn_6$[J].稀土学报(英文版),1998(02):21-25.

[70] 钟志成,**张端明**."超光"模型的行波超导波态数值研究[J].襄阳师专学报,1998,19(02):25-28.

[71] 赵明,**张端明**,郁伯明,等.沉积岩孔隙结构的二维分形模型及两相流模拟[J].应用基础与工程科学学报,1998(01):11-16.

[72] 谢菊芳,**张端明**,王世敏,等.透明PLZT电光陶瓷材料的制备及应用研究进展[J].功能材料,1998(01):1-7.

[73] 马卫东,王世敏,**张端明**,等.用脉冲准分子激光在P-Si(100)衬底上沉积高取向KTN薄膜[J].科学通报,1998(03):259-262.

[74] 赖建军,**张端明**,李源光.光超导波中光子对形成和介质特性研究[J].华中理工大学学报,1997(12):111-112.

[75] 王世敏,王龙海,张刚升,赵建洪,**张端明**,李佐宜,章天金.$SrTiO_3$(111)衬底上$KTa_{0.65}Nb_{0.35}O_3$薄膜的取向生长研究[J].无机材料学报,1997(06):819-824.

[76] **张端明**,赖建军,李源,等.光超导波中正常态声子行为研究:声子对束缚态[J].华中理工大学学报,1997(11):105-107.

[77] 张智,**张端明**,郁伯铭,等.单一颗粒流分形模型及有效热导率计算[J].华中理工大学学报,1997(11):108-110.

[78] 彭芳明,于晓凌,秦卫东,王世敏,郁伯铭,**张端明**.铽锰基化合物$TbMn_6Sn_6$的结构和磁性[J].中国稀土学报,1997(03):17-20.

[79] 赖建军,**张端明**,李源,等.基于变分法的光子超导波基态分析[J].量子电子学报,1997(04):310-314.

[80] **张端明**,李化,郁伯铭,等.单模光纤的传输衰减随温度变化的研究[J].量子电子学报,1997(04):335-340.

[81] 章天金,**张端明**,王世敏.YSZ 薄膜的溶胶凝胶法制备及其电导性能[J].硅酸盐学报,1997(04):71-77.

[82] 林钢,**张端明**,秦卫东.重稀土锰基化合物 Gd(Mn,Co)Si 的结构与磁性[J].磁性材料及器件,1997(02):19-22.

[83] 吴静,祁守仁,黄新堂,甘仲维,余南山,丁晓夏,**张端明**,高义华.$Dy_2(Fe_{1-x}Si_x)_{17}$ 系列化合物内禀磁性及穆斯堡尔效应研究[J].中国稀土学报,1997(01):23-27.

[84] **张端明**,李源,郁伯铭,等.关于超波导态解的讨论[J].华中理工大学学报,1997(01):112-113.

[85] 王世敏,赵建洪,王龙海,张刚升,**张端明**,李佐宜,刘素玲,赖建军.热处理工艺对 $KTa_{0.65}Nb_{0.35}O_3$ 薄膜结晶学性能的影响[J].科学通报,1997(01):99-102.

[86] 于晓凌,**张端明**,秦卫东.$TbMn_6Sn_6$ 化合物的结构和磁性[J].武汉城市建设学院学报,1996(04):39-42.

[87] 于晓凌,秦卫东,郁伯铭,王世敏,**张端明**.稀土永磁材料 $Sm_2Fe_{17}N_y$ 磁体的最佳工艺[J].武汉城市建设学院学报,1996(03):45-48.

[88] 章天金,彭芳明,唐超群,王世敏,吴新明,**张端明**.溶胶-凝胶工艺合成 ZrO2 超微粉末的研究[J].无机材料学报,1996(03):435-440.

[89] 于晓凌,秦卫东,郁伯铭,王世敏,**张端明**.稀土永磁材料 $Sm_2Fe_{17}N_y$ 磁体的最佳工艺的研究[J].磁性材料及器件,1996(02):16-19.

[90] 于晓凌,**张端明**,秦卫东,等.$Sm_3(Fe_{1-x}Ti_x)_{29}$ 化合物及其氮化物的结构与磁性[J].武汉城市建设学院学报,1996(02):55-59.

[91] **张端明**,刘书龙,程学锋,等.有效介质理论与金属-陶瓷复合材料 PTC 效应[J].华中理工大学学报,1995(11):119-121.

[92] **张端明**,杨海,彭芳明,等.金属 PTC 陶瓷复合材料的阻温特性与烧结工艺[J].华中理工大学学报,1995(11):122-124.

[93] **张端明**,张新宇,彭芳明,等.金属-PTC 陶瓷复合材料研究[J].硅酸盐学报,1995(03):331-335.

[94] **张端明**,张新宇,彭芳明,等.金属-PTC 陶瓷复合材料制备工艺及机理的研究[J].无机材料学报,1995(02):248-252.

[95] 喻力华,薛谦忠,**张端明**,等.低居里点突变型 PTC 材料的研究[J].电子元件与材料,1994(04):14-16.

[96] **张端明**,黄素梅,唐超群.胶体模型与金属中点缺陷的研究[J].核技术,1994

(04):201-204.

[97] 张端明,黄素梅.金属中电子结构的密度泛函方法与正电子湮没技术[J].华中理工大学学报,1993(S1):14-19.

[98] 张端明,杨海.Jahn-Teller效应与$BaTiO_3$结构相变[J].华中理工大学学报,1993(06):160-165.

[99] 张端明,耿涛,唐超群.高温超导体的正电子湮没研究(续)[J].华中理工大学学报,1993(06):187-188.

[100] 张端明,薛谦忠,李瑞霞,等.低居里点缓变型线性化PTCR材料的研究[J].电子元件与材料,1993(03):22-24.

[101] 黄素梅,张端明.金属缺陷的正电子技术与密度泛函理论[J].广西师范大学学报(自然科学版),1992(04):40-43.

[102] 张端明,程学锋.低TcPTC材料的研制及正电子湮没技术的应用[J].电子元件与材料,1992,11(5):47-49.

[103] 吴颖,张端明.电磁波在周期调制等离子体上的共振反射[J].华中理工大学学报,1992(03):163-167.

[104] 张端明.超流^{3}He系统的表面拓扑结构的几个注记[J].华中理工大学学报,1992(02):125-128.

[105] 吴颖,张端明.NLS方程孤子扰动的多重时标法[J].华中理工大学学报,1992(02):137-140.

[106] 何红波,张端明.长柱面超流^{3}He系统的表面拓扑结构问题[J].华中理工大学学报,1992(02):187-188.

[107] 吴颖,张端明.MKdV方程孤子扰动的多重时标法[J].华中理工大学学报,1992(01):181-184.

[108] 张端明.超流液氦^{3}He系统四种新相的边界问题[J].华中理工大学学报,1991(05):53-57.

[109] 张端明,吴颖.超流He系统的拓扑结构研究[J].华中理工大学学报,1991(04):43-47.

[110] 张端明,王建安,李国元.碲镉汞退火过程的电子结构变化的理论模型[J].华中理工大学学报,1991(01):45-48.

[111] 王建安,张端明,李国元,等.碲镉汞电子结构缺陷的正电子湮灭研究[J].华中理工大学学报,1991(01):137-139.

[112] 张端明.培养拔尖人才的初步探索与试验——华中理工大学教改(少年)班综合改革的实践与思考[J].高等教育研究,1990(03):35-41.

[113] 陈贤珍,张端明,葛文祺.高温超导电机研究[C]//中国电机工程学会.1991

年全国低温超导学术会议论文报告集.武汉:1991年全国低温超导学术会议委员会,1991.

[114] **张端明**,李国元,王建安,等.高温超导体Y-Ba-Cu-O相变的正电子湮没研究[J].高能物理与核物理,1989(09):769-771.

[115] **张端明**.关于半无限介质表面上氢原子节点波函数的一个注记[J].华中工学院学报,1986(06):903-904.

[116] 李元杰,**张端明**.Kerr-Newman度规中带电Bose子束缚态[J].高能物理与核物理,1986(04):412-419.

[117] **张端明**,李元杰.关于Reissner-Nordstrom黑洞与Bose子束缚态问题[J].科学通报,1985(13):983-986.

[118] **张端明**.晶体量子场论[J].自然杂志,1985(06):420-424,480.

[119] **张端明**,陆继宗.亚夸克理论研究进展[J].物理,1982(10):582-593.

[120] 顾鸣皋,李新洲,陆继宗,**张端明**.真空期望值和能量的关系[J].华中工学院学报,1981(06):33-38.

[121] 李新洲,顾鸣皋,陆继宗,**张端明**.夸克与轻子的复合模型[J].华中工学院学报,1981(05):35-42.

[122] 刘祖黎,**张端明**,姚凯伦.三维晶体非理想表面的电子态密度[J].华中工学院学报,1981(01):85-88.

[123] **张端明**,雷式祖,张金如.自旋与相对论协变性——关于自旋本质的讨论[J].华中工学院学报,1980(04):45-54.

[124] **张端明**,刘祖黎,雷式祖.层子电子素的光谱与自由层子的寻找[J].华中工学院学报,1979(04):126-135,11.

[125] **张端明**于1978—1985年撰写"粒子物理前沿综述"(如自由夸克寻找、规范场及其重整化、亚夸克研究、中微子质量问题实验研究、规范引力场理论等)相关研究共约15篇,发表于华中工学院出版的《国际学术动态》。此外,还撰写"大统一理论、超大统一和规范场论综述"等相关研究十余篇。

出版书籍

[1] **张端明**.宇宙史诗[M].石家庄:河北科学技术出版社,2024.

[2] 杨凤霞,**张端明**.北斗导航——高精度全球卫星定位系统[M].石家庄:河北科学技术出版社,2020.

[3] **张端明**.科苑沉思录[M].武汉:华中科技大学出版社,2020.

[4] **张端明**.中微子[M].石家庄:河北科学技术出版社,2019.

[5] **张端明**.宇宙创世纪[M].石家庄:河北科学技术出版社,2019.

[6] 张端明.小宇宙与大宇宙[M].武汉:湖北科学技术出版社,2018.

[7] 张端明.物理发现启思录[M].武汉:华中科技大学出版社,2018.

[8] 张端明,曹小艳,刘经熙.宇宙创世纪史诗[M].石家庄:河北科学技术出版社,2015.

[9] 张端明,何敏华.神秘失踪的中微子[M].石家庄:河北科学技术出版社,2015.

[10] 张端明,李小刚,何敏华.应用群论[M].北京:科学出版社,2013.

[11] 张端明,何敏华.大宇宙奇旅[M].武汉:湖北教育出版社,2013.

[12] 张端明,何敏华.21世纪物理学[M].武汉:湖北教育出版社,2012.

[13] 张端明,何敏华.小宇宙探微[M].武汉:湖北教育出版社,2012.

[14] 张端明,何敏华.科技王国的宙斯——物理学与高新科技[M].武汉:湖北科学技术出版社,2011.

[15] 张端明.脉冲激光沉积动力学原理[M].北京:科学出版社,2011.

[16] 张端明,赵修建,李智华,等.脉冲激光沉积动力学与玻璃基薄膜[M].武汉:湖北科学技术出版社,2006.

[17] 张端明,钟志成.应用群论导引[M].武汉:华中科技大学出版社,2001.

[18] 张端明.极微世界探极微[M].武汉:湖北科学技术出版社,2000.

[19] 张端明,施天山.科技革命的弄潮儿:世纪之交的物理学[M].武汉:湖北教育出版社,1999.

[20] 张端明.大宇宙与小宇宙[M].武汉:湖北教育出版社,1992.

[21] P.罗曼.高等量子理论[M].张端明,雷式祖,曹力,等译.武汉:华中工学院出版社,1986.

图书在版编目(CIP)数据

杏坛吟草集 / 张端明著. -- 武汉：华中科技大学出版社，2024.6.
ISBN 978-7-5772-0672-1

Ⅰ. I227

中国国家版本馆 CIP 数据核字第 2024VC4469 号

杏坛吟草集
Xingtan Yincao Ji

张端明　著

策划编辑：周晓方　杨　玲
责任编辑：董　雪　余晓亮
封面设计：原色设计
责任校对：张汇娟
责任监印：周治超

出版发行：华中科技大学出版社（中国·武汉）　　电　话：(027)81321913
　　　　　武汉市东湖新技术开发区华工科技园　　邮　编：430223
录　　排：华中科技大学惠友文印中心
印　　刷：湖北恒泰印务有限公司
开　　本：710mm×1000mm　1/16
印　　张：11　插页：8
字　　数：128 千字
版　　次：2024 年 6 月第 1 版第 1 次印刷
定　　价：99.00 元

本书若有印装质量问题，请向出版社营销中心调换
全国免费服务热线：400-6679-118　　竭诚为您服务
版权所有　侵权必究